日落之前

哑石诗集（2012—2020）

哑石 著

山西出版传媒集团　北岳文艺出版社

·太原·

图书在版编目(CIP)数据

日落之前:哑石诗集:2012—2020年/哑石著.
—太原:北岳文艺出版社,2022.1
 ISBN 978-7-5378-6464-0

Ⅰ.①日… Ⅱ.①哑… Ⅲ.①诗集—中国—当代
Ⅳ.① I227

中国版本图书馆 CIP 数据核字(2021)第 208825 号

日落之前——哑石诗集(2012—2020年)

哑石 / 著

//

出品人 郭文礼	出版发行:山西出版传媒集团·北岳文艺出版社 地址:山西省太原市并州南路 57 号
策划 左树涛	邮编:030012 电话:0351-5628696(发行部) 0351-5628688(总编室) 传真:0351-5628680
责任编辑 左树涛	经销商:新华书店 印刷装订:山西人民印刷有限责任公司
书籍设计 张永文	开本:787mm×1092mm 1/32 字数:200 千字 印张:8
印装监制 郭 勇	版次:2022 年 1 月第 1 版 印次:2022 年 1 月山西第 1 次印刷 书号:ISBN 978-7-5378-6464-0 定价:39.80 元

本书版权为本社独家所有,未经本社同意不得转载、摘编或复制

自 序

编这个集子，给了自己一个理由去重读近年所写。

和预感一样，这一过程颇让人难堪，甚至可说是惶恐。当代新诗写作，倘要对得起语言的尊严，就得是件吃力的事。这个时代，轰响的泥泞和有勇气指认精神的决断之间，言语，需要承担微妙而艰难的事务。当然，在某些拐角，写作也曾给自己送来细小的兴奋、些微的鼓舞。

集子中，作品创作时间为2012—2020年，分为四辑——"异句结""冰斧集""与自我谈诗""丝绒地道"。

这个集子，献给近年来每一个与我错身而过的人。生活在同一片天空下，不经意之中，我们，也许交换过隐秘的呼吸。

是为序。

哑石，2020年12月于成都

目 录

第一辑　异句结（2012）

003　源于古希腊，人的完整性假使有可能
005　如果你发现时代的鸿儒皆有焦虑的卷耳
006　历史转折处，知识纠结于挽歌与活力
007　一个流亡诗人对着无形的乡愁自言自语
008　夜半起床，习惯性开灯。开关触手微凉
009　危险而惬意的事：为不可名状之物命名
010　今天我也饮露，但只有凤凰才是凤凰
011　对一个手持双头蛇权杖的诗人的纪念
012　看见一个酒糟鼻布尔人，挥舞笤帚驶向荒凉木星
013　《会饮篇》中，阿里斯托芬认为远古人类大都雌雄同体
014　在体验过沉默的人看来，每个人都是先知
015　观察：对言语中不可能者的邀请
016　观察：时代风尚离不开白领上的雀斑

017　朋友观点：写诗和蒸馒头还是有点不同

018　文字不计划生育，但有必要提防一下纳粹

019　对于智者，悲伤的基础局限而刺人

020　暮年，一位修士回忆起神圣的对欲望的压抑

021　即便皱纹满脸，她也依然是妙龄女郎

022　你有一个秘密连自己都不曾知晓

023　除了燃放鞭炮，我们还要警惕什么

024　20世纪的解体艺术会带给我们什么

025　白描能完成的事，时间已做得丝丝入扣了

026　20世纪的精英文化，无一例外地黯淡未来

027　夏日午后，老年骑游队俘获我的心智

028　暑日午后，一班老友相聚，为某某送行

029　怀念晚清蜀地的一位无名禅师

030　不管你是否同意，未来总是一种确定

031　有时，你的小伤感让我没言语

032　每个刹那，幻影，远处的阵阵低吼

034　致一位用命于纯净民风的国学家

第二辑　冰斧集（2013—2015）

037　日落之前

038　樱花，樱花

039　游于艺

041　玉阶怨

042　　晨　起

043　　复杂的话语，如何给单纯赞许？

045　　暴雨持续下。远处有多远？

047　　进行曲

049　　走泥丸

050　　一首诗

051　　朴　素

052　　同　类

053　　火花旅馆

054　　其实，我一直想写下睡熟的你

055　　道旁，老树新花，蜜汁微亮

056　　为一位故友而作

057　　击鼓，传花

058　　灰尘本纪

059　　春日郊游

060　　甲午暮春，与众友登沁阳神农山

062　　雾中穿过一小区，瞥见一块红色巨石

063　　辑　碎

064　　剪　烛

066　　盆　栽

067　　刮　词

069　　断　指

071　　纯　洁

073　　烤鞋器

074　秘　密

075　书　架

076　唯　物

第三辑　与自我谈诗（2016—2018）

079　唐　突

080　九　行

081　形　象

083　诗的历史标准

084　无　端

085　记　梦

086　偶　记

087　水明楼

088　小　诗

089　易容术

090　放　下

091　如你所见

092　摩天轮

095　失　败

097　阅　读

098　跌　宕

100　与自我谈诗

102　挑　刺

104	勾　当
105	锦　鲤
107	寄　语
109	今日，闲
111	夜的对句
112	别　声
114	晚　餐
115	仿佛醒来
116	我不再给你一个名字
118	无　题
119	相　信
121	混吃等死篇
122	遗　产
124	霾　人
125	写得少了
126	群体沸腾
127	抄录：银海
131	三　帧
133	短世纪
135	感谢万有
137	切　片
139	对自恋者生日的形而上批判
143	春　宵

第四辑　丝绒地道（2019—2020）

- 149　历史沉船剪影
- 150　门禁卡
- 151　在监舍
- 152　青　年
- 153　剂　量
- 154　嘶吼的除草机
- 156　口音：麻猫儿
- 158　口音：麦子小伙儿
- 160　每　日
- 161　隐秘智能
- 162　生日诗
- 164　好故事
- 166　素　描
- 167　停　顿
- 168　杰　克
- 169　游　泳
- 171　自　辩
- 172　中　秋
- 174　保持新鲜
- 175　天文学
- 176　一　瞥
- 177　白　话

178	过　往
180	时　赋
181	有限者
182	简　记
183	断　点
184	向自我致歉
186	土　豆
188	检　修
189	赤　壁
190	结　缔
191	后命名：信使
192	对口型
193	近于集句
195	厨　神
197	绽　芽
199	纪　事
201	旦复旦兮
202	相　接
204	牛皮凉鞋帖
206	暗　室
208	滴水观音
210	一片浪
212	秋　分
214	栾　树

216	魔　力
218	流形上的微分：望月
220	诗　韵
221	以人之名
223	"哗"一声
224	细　物
226	权　且
227	隐小胖
229	伪童诗（组诗 10 首）

第一辑　异句结（2012）

源于古希腊，人的完整性假使有可能

亲爱的，你的浅睡，保持住了什么。
在浩瀚曙色无关意图的韵律
与逼仄心火的马达之间，
告诉我："成群结队的驯鹿，横穿
一片又一片金黄的苔藓，沉默而迅速。"

难免有阴影的欲望，则难免
赋予意图一丝邪恶。"知识"不够用
但必须用，直到沉默的拥有也是
你的拥有。人生酿"悲伤"，临渊
照影，她会挣脱记忆的囚笼，倍加自赏？

我知道，这滔滔秀场里有生命
双倍的迎合。可见的世界，极可能
是词语玻璃上模糊的图像——
无论哪一面，我的清醒，都投入太多，
告诉我：暴蛮要攫取历史，沉默而迅速！

亲爱的，晨曦是一双温柔触碰
隐私的手——你的浅睡，正暴露
我在引用。那满脸沟壑的大师，还说过：

"他身体的各个省份都叛变了"
这,不是爱的粗鲁,而是确凿的"死亡"。

群星隐退着知道,你浅睡,依旧
保持住了什么。光,精确引用、篡改,
就在浩瀚的隐痛与小小欢悦里,
"明天,后天,或数年以后,他将把声音
赋予在这里度过第一次的强烈线条!"

2012 年 2 月 26 日

注:3 句引文,1、2 句来自奥登的《罗马的秋天》和《悼念叶芝》,第 3 句来自卡瓦菲斯的《他们的第一次》。

如果你发现时代的鸿儒皆有焦虑的卷耳

其实，蛮可以比拼一下牙齿。

伪善发现过早。辨经纶或大宗师气韵，
违禁者，潜伏、低鸣于御字如称狼毫的破纸笔，
……标榜孤立，断断要不得也！

基本同意。柳飞絮别了蓝花围巾，我还
宽泛，你却在曼哈顿炒蒺藜，又咬得实。

康德过硬的学问，堪堪扛得住。
观鱼不必腐儒，《九章算术》清晰，河水彻底。
同意者阿是穴：浊火，莫过要死要活！

牙落，花开，壳皮魏晋如何？

2012 年 3 月 4 日

历史转折处,知识纠结于挽歌与活力

天气暖和了,小混混最欢喜:
在街头,几乎不浪费每一秒钟,他们
敞露热乎乎皮肤上凶悍的刺青……

古希腊,竞技、辩论等同于本分,
橄榄与茉莉精油,涂满他健美的脖颈。

比腰缠万贯还荣耀的财富!
少女们羞涩些,早早换上圆凉鞋,
低头调遣胸腔中醒来的绿色战斗机群

——露浓石滑,游园往往惊梦,
混杂多国口音,子,仍不语怪力乱神!

……而汉语,从遗址模样的地窖
探出头来,它要索取时光丰厚的回报?
你愿意配合,携手某种奇异的轰鸣。

2012 年 3 月 31 日

一个流亡诗人对着无形的乡愁自言自语

放心吧,我手上没有对你不利的证据。

譬如,窃自那梦境的乌云,
头脑里放电的情色小岛……
或者,你年轻时,晾于粗铁丝的
长麻裤,那膝头处,有个耀眼的破洞……

长裤滴着水,远处的大海凝固。

我有的,也不一定能说出——
都是些无用的、虚无的坚果,词屑的珍珠!

2012 年 4 月 23 日

夜半起床，习惯性开灯。开关触手微凉

你可能会写出一些诗句，可能。
你泪水中有一尾硬头鳟，你说：夜蜕皮，麻三斤！

过于悦耳，不是好事。不是。
初暑，刚刚在身体的绿玉中挖出个庞大
情报站：如此，与前后花开无关吗？通知你的诗句吧。

2012 年 4 月 25 日

危险而惬意的事:为不可名状之物命名

肩扛涂满绿色机油的发电机,走下木梯,
松木楼梯颤摇……这是美丽的。

按理说,那已经逝去,却依然影响着
体温、血流的事物,皆可称之为月亮。

"你的诗太敏感,缺乏历史的粗粝。"
"他们,一直在捞你众多身躯的那个月亮。"

真抱歉了!灼热之物,竟集体饶舌,
天文或帝王家的事,得请断腕的杜甫来写。

2012 年 5 月 4 日

今天我也饮露，但只有凤凰才是凤凰

持续多年专注于某件无意义小事，
譬如洗手……这，就是诗了。
云的逻辑，苦胆翠绿的逻辑，概类于此吧。

松鹤，提炼偶然生涯剧毒的水银柱，
贤者饮之若甘饴，仅说爱
一事，就忒忒发动了菊花、风流的幻景——

与诗无涉，方言和雀跃奶嘴的稚儿，
抬手划定囚笼半径。哲学之
意外有：透明的印度人夜袭陋室，推销

一组蜂巢状蓝色计算机程序，
据说全是喜悦。让韵脚来交代作者吧：
鳞翅目，奇须，完美复眼，火雾中自由来去。

2012 年 5 月 6 日

对一个手持双头蛇权杖的诗人的纪念

一个诗人,终生专注本族语言的风物,
最后,深夜的一场雨,让他醒来。

摆弄过的文字,有了不一样的眼神、节奏。

那试图打开任何房门的新钥匙,
铜质的羞辱,开始塑造并不存在的宽恕。

纪念他!朝霞的勋章炸裂,大风爆出粗口!

2012 年 5 月 10 日

看见一个酒糟鼻布尔人,挥舞笤帚驶向荒凉木星

警句相当不可靠,如同一颗小星,
表面更偏爱乡野,实则同样
清白无误地照耀城市的悍妇、愣头青

——我们,人与小诗神,不必
回到山里,去捉那条惊扰过溪流的神奇
胖头鱼。随手抓一把,光线暗涌的

夜店空气里,就会蹦出一二朵
漂亮的黑木耳!投身于神圣缠绵,与满足
于无端悲喜,在轻盈的蓝月亮看来,

实无二致。影子非常高兴的是:
好人普遍同意,诗站在弱者
梦想一边,但最好保持野兽潮湿的皮……

用好奇,来生死,警惕星球的方言,
守身如玉竟似讽喻——想起来,
交手多次,你我都爱上了这街区的磁力?

2012 年 5 月 13 日

《会饮篇》中,阿里斯托芬认为远古人类大都雌雄同体

有必要,写具体、确切、坚韧的诗。
月亮、滚轴、银网兜;电子锁、股指、期货……
前者有鸣叫、照耀的属性,后者将微薄希望托付给缝纫的宇宙。

有必要,写写圣约翰眉心,那盈盈的
蜘蛛痣,像一只欲飞的、张开粉嫩小嘴的神秘朱雀——

既不情色,也不与情色冲突。
如果厌倦了周围熟悉的一切,意味着
你过于快速——有必要,翻涌的大海用新铁锚,将你定住。

在清凉微风鼓舞老诗人的这一边,
有必要,送他一位枯手琴师,因曙色并不总是胜利,
需要一次粗野合奏,以便撩开远方,那鲜艳得让他兴奋的断头。

2012 年 5 月 14 日

在体验过沉默的人看来,每个人都是先知

无论言语上,还是在内心,你都发现:
如此一片土地,对神圣的事物,怀有大不敬。
玩弄、包装一种"苦难"教义如何?
对外表虔敬者,这,倒值得花时费心。

想在露台上种密实的绿篱,你是少数
较早住进这小区的人。一直经历
的事:楼上楼下总有人装修新居,急吼吼的
泥浆、铁钉……轰进颤抖、坚硬的墙体。

开发商依托的学校,主研经济、管理,
律法赋予的协作,也许,永远喂不饱饥饿的
丛林睡狮。某种意义上,我不是你,
深知软弱常依附自欺。我比你更俗、更残忍。

历史会发现,如果没旁征博引,就几乎
谈不了任何事情。昨晚,你与月光
在露台互咬嘴唇,先知的花朵,在云间膨胀,
那时,我正提枪上楼,在拐角顿了一顿。

2012 年 5 月 21 日

观察:对言语中不可能者的邀请

看起来,你是个明确的人:
对朴素的事,总笑眯眯的,嘴角没一丝油腻;

但你是吃饱了的。真的。窗外
绿树蓊郁,几乎和你一样有热情、有干劲。

那些辉煌到悲凉的世事,奔涌的场景,
都赠予别人吧。来,来,让
我们在飞船上,潜心心软的时刻,钻研做爱的学问!

2012 年 5 月 21 日

观察：时代风尚离不开白领上的雀斑

有多少人装饰意志，曾站在这里？
无数人。因为这几乎不是一个"位置"：
玻璃，迎着阳光浑浊。薄得只有
数毫米厚的晶芒中，无数个浅黛
而急躁的人，叉腰、翘臀、呵气扭摆……

宇宙急速膨胀中边缘无形地碎裂，
同样的事，发生在你橘色鸟鸣萌芽的
瞳孔。沙文主义主管必然洞悉：
一扇近三米高的落地窗立在你面前，
这贵妇、骄傲、闪光，谆谆教诲着忍耐

——下面，下面不是峡谷，但比
峡谷野蛮。这个连死亡都会自我怀疑的
时代，赋予每个人以形状，似乎
比无形更像一个开端。你伸出手来，
点戳眼前玻璃，如点数她，孤独的喷泉……

2012 年 5 月 25 日

朋友观点：写诗和蒸馒头还是有点不同

诗写得过分严肃，以至于口水涩而清苦，
这，就是别人不能分享的欢乐了。

（腐朽特别，其影响力捏塑着帝国）

最意外的事：没人睬你，没人看见
你与长风、醉意合谋，点燃文字的爱欲。

（梦里杀毒，仰仗橙黄色的气雾剂）

当然，不是谁蔑视性器的长长短短，
你常常批判那首鼠花间端端神秘的批判——

（黑暗多汁如蜜桃，需伦理来保鲜）

该牢牢记住历史的砾石，许多人，
玩耍自传，还有更多爬虫那漂亮的扯淡。

2012 年 5 月 26 日

文字不计划生育,但有必要提防一下纳粹

……其实就是这么回事:
诗歌,要有个形象!足够有力、谦逊,
最好表现出对历史感兴趣的口吻——

懂得这些的是翠绿猴子;精通
这些的,已在那场"水中捞月"的游戏中
嘲笑了自己;心满意足的角色

躲在淫荡月光背后像个狂暴的巫师。
但猴子,不可将红色雨水掷上飞纵的高速路:
星空生道德,哪分得清刹车、油门儿?

2012 年 5 月 29 日

对于智者,悲伤的基础局限而刺人

可以描绘的事,蒸腾五月石榴
花开的形象;泉石上的波纹,
相比于临风悸动,持续了稍长一瞬。

放弃魔法的醉八仙,会谨慎地
选择在一个略略世故、通透的社会里
与你对话:街衢伦理,抵制树梢

上空舞蹈而下的淋漓较真——
你,"那狂乱编织的圆环晃出的一片
花白",含笑,招惹二杆子的错认。

而含泪刺绣于微薄曙色的建木,
出自一种原则:彩鸟服从清明的政治,
恶棍火中取栗,黑暗肌肤相亲——

时代不喜欢谁死死地抱定罗盘,
无论飘摇的海船,还是折腾的小诗人……
我没说月光,我放胆说请,请吧。

2012 年 6 月 1 日

注:"那狂乱编织的圆环晃出的一片花白",引自史蒂文斯《哭泣的市民》。

暮年,一位修士回忆起神圣的对欲望的压抑

穷尽所有可能,时光能给并愿意给的
也许只是个巴掌大小的花园。

露珠。花梗。棋盘的眼睛。

银河深喉至无辜,地流恢复初涌的干净——

幻象,正努力夺回最后的呼吸!
现实准备消音一切:文学,挑逗着细节,
托尔裤腰带上晃荡的小纳粹,金色瀑布的谦逊……

2012 年 6 月 7 日

即便皱纹满脸,她也依然是妙龄女郎

她内心温暖,做了入殓师。

世事无常,生活的全部细节
成就着自焚的桃花源,
以及反射在梦境中的光影。
她,一直静静地替逝者
做一些想做却无力做到的小事。

为溺水者穿上件丝绸素服;
早年浪迹天涯的琴师,
此刻阴囊干瘪,空谷壳般可笑,
这,需要她轻盈地摆放安稳。

至于惨遭横祸的多情少年,
优美,但已苍白的耳垂,
她也净手,温柔地按摩好一会儿

……需在极度寒冷、战栗中
才能学到的德行、知识,
每天,她都要如数家珍地演示!

2012 年 6 月 11 日

你有一个秘密连自己都不曾知晓

激烈未免多余——这对有故事的人,
相约早起赶云的人,分隔天涯竟互殴的人,
端端是把残雪的天际线悄悄缠进
稀疏绿意的悬空露台还能
觉觉吹拂的人……不必谈论月色,
那太俗,太过于着蛊正经啦:
滴滴冰露,不要针刺白生生的脚指拇!

2012 年 7 月 14 日

除了燃放鞭炮,我们还要警惕什么

"如此脏,文字能奢望什么成就?"

"身为奴婢、谄媚者,钟情于小阴谋,
远近诗行,均可拉来为自己易容?"

想想吧,言语,何曾清澈过
又深、又阔的境域中那黑暗的尖耸?!

多年前,你年轻,额头上坚硬、
闪亮的犄角,常常挑逗这粉红的激动;

今天,你望见深海中潜泳着
惊人的事物,宽大、温暖、动荡不息——

当微微裂开,直逼丢失水分的彩虹。

2012 年 7 月 15 日

20 世纪的解体艺术会带给我们什么

自那以后,阴郁主宰纤薄的喉咙,
反讽,团团转的缝衣针,
忙碌得几乎发疯。但希望,没有绝迹,
墓园斜径滴翠的松柏,以及
隐蔽的麻衣小诸侯,笔直、醒目——

"墓园"一词,不是特别靠谱,
松针爬高,它在拨弄暮色和异响之时,
你思考瀑布的形象:衣袖上
汽油燃烧的味道,窗外"白光"
暗凝的花簇,正反复映照热情的恶俗!

2012 年 7 月 23 日

白描能完成的事,时间已做得丝丝入扣了

伊壁鸠鲁信徒相信:诸神是好的,
但不会无所不能;要么,
诸神真的无所不能,却又不好——

这,相关于你清晨怎样梳理宇宙的羽毛,
新生的、韭叶般羞涩的羽毛……

多年前,我认为,一个世纪的哀恸,
浓缩于少数几个人的徒劳。
譬如,西蒙娜·薇依,列夫·舍斯托夫……

没人镌刻他们的忧惧。绞着手,
每个人都在搭建浮桥,星空,无害而郁燥。

那么,一个东方人,想把庄子
读成一匹匹雪白波荡的锦缎,又当如何呢?
斜刺里,风裹血丝,扑进你的怀抱……

2012 年 7 月 24 日

20世纪的精英文化,无一例外地黯淡未来

未来是楼梯拐角处那昏暗的镜子,
焦虑,喧闹……现在,一些
相异于自己的我,还置身长长的甬道;
不可能,旋转,只是梦醒时
大地上阵阵薄雾的阴凉,它消散,
如此相似于地方口音中的舌尖——

如果我已逼真描绘京沪高速上
那次脱轨的必然与偶然;
如果能真正辨认出灼热的绝望、希望,
这缓缓脆黄的海图,失败的
方言……如果,生物学的暴政
与伟大书籍之间,只存在某种杜撰……

每个人都需要比时间线的死亡
还多一次的死亡;每个人,
碎裂了因果律,又将花与果赞美一遍;
在镜子里收拾残局,又分明
意识到搏动的群山——暴雨过后,
沟渠边,泥腿寻找草叶下晶亮的蛙卵……

2012年7月27日

夏日午后,老年骑游队俘获我的心智

太热了,我把单车斜靠在街边树荫下。
这是一棵樟树。那一排,也是。

不明确想骑车去哪里。只一会儿,
数辆银灰色奔驰,轰鸣着,犁开了阴翳……

其实我没被热烈的蝉鸣搅晕头脑,
而正直的钢铁,似乎比我更具合法性

——很可能,一辈子,都来不及
赞美身体的技艺!想到这,真惶恐莫名。

2012 年 8 月 1 日

暑日午后,一班老友相聚,为某某送行

事物的闪光淹没在哄笑戏谑的滋味里。

隔着空山,耳悬花序,舌击
理想的木鱼。我们,曾是鲁莽的画梦者,
红着脸裁剪流水的小小建筑工人,
此刻的背心禅师、民间思想家、诗人——

十数年逆旅,足以重塑灵魂市场
的盈利模式:你,剃了光头;
他雪中静坐的脸上长出一条条鼠窜的肉,
绿色的;这个,看不出是否长风般

释放了文字。老实说,我看出来了:
时代,渴望尊严另具的生活,
我们更沉稳、更温和,不会再当面戳破
彼此的愚蠢——这,似乎更加残忍……

虽不亲切,但我们,还是一起
祝福那烈日沙地上徒劳折腾的蚯蚓吧——
更真实的我们。若真有他者在场,
无妨听听,清风煮酒里远方冰镇着雷声

……无力重新出发也无妨呀,我的友人。

2012 年 8 月 9 日

怀念晚清蜀地的一位无名禅师

曾有精绝的文字,后来,精力浪费
于度量神秘。有无间的磁力,
如同死亡的胎记,你我间传递着,
渐渐将他饱满的血肉从骨架上一一夺去!

用血肉横飞描述这事,并不为过。
生前高山流水,混迹路边
茶肆传法,就是如此;即使他早已死去,
我们摸着碑文上的青苔,也是如此。

2012 年 8 月 10 日

不管你是否同意,未来总是一种确定

一个人隐形,为了兑现发丝上的露珠。
整整一代人,在月亮的红晕中建造人质望远镜。

今天,敲碎真理的犬牙,埋在
加油站附近的风中。
三株美人蕉。两朵矢车菊。一个崭新车轮。

婴儿流奶的金黄双瞳:必有我师?

高速路上飞升的海盗船,提示卷刃的
棘刺:吮血的未来呼吸幽深,拒绝如此短制!

2012 年 8 月 11 日

有时,你的小伤感让我没言语

有时,你的小伤感让我没言语。
今天,在颤抖的车厢中,
隐约的淡绿光圈,从一极蹦到另一极,
它的绿,也有绒毛的神秘。
窗外,林荫道却款曲出逼仄坚定。

灵魂要寻找针尖上的信物!
我们,带着两个从时光的灾祸中
出逃的孩子,驱车去古镇……
他们,一个叫"悲伤",另一个,
如果足够鲜艳,就叫"喜神"。

2012 年 8 月 21 日

每个刹那,幻影,远处的阵阵低吼

爱上一个人,往往只需一刹那。
现实中,爱上幻影,似乎无需任何
时间。你有天赋,风卷云舒的天赋——

云贵高原土红色的公路旁,
你水汽渗进木板一样逗留于未来那
肮脏的汽车旅馆:依然在
窗外的断岩里偷听到甜蜜蜂鸣;
房间左首,依然有镀铜鹰钩,
其实那是衣帽架,安静,若隐若现。

出门之前,我们照例拥抱,
时间的花样,矗立着薄衫下的乳头,
眼里也有神采。未来某一天,
我们,终会忘掉相识那天的全部细节?
满把小醋栗!新鲜的麻布衫,
径直点燃薄亮翅翼,任溪流潺潺。

离开未来多远,才能握住边陲
风景里你的圆满?送你远游肯定不够啊,
每个刹那,幻影,远处的阵阵低吼!

副歌:

"醋栗"一词,送来意想不到的
滋味。出门之前,我们拥抱,
时间之花样,矗立着薄衫下的小乳头——

你要去非洲,广袤、怒河明亮的非洲。
太年轻啦,尚未学会潮湿、朴素,
蓝色羽扇豆,大地春芽,曙色亦甜蜜中毒……

2012 年 10 月 6 日

致一位用命于纯净民风的国学家

弥留之际,你在谵妄中尽情朗读。
可隐身于空气的生物,远道而来,
成为听众:一头乳白色象罔,
两只俗气得神奇的喜鹊……
稍远处,去世多年又野苹果一样慢慢
膨胀的父母;废黜思想,梦境下
撕裂一生的青年……更远处,
薄雾涌上来,一排挺拔得蹿跳的栎树……

斜倚窄门,美丽护士雪白又放松:
那胸前面包,可是天国冒着热气的雪峰?

2012 年 11 月 3 日

第二辑 冰斧集（2013—2015）

日落之前

日落之前,本该去那蓝色缎子树下跳会儿舞。

我对所谓奖励不感兴趣!喝了几口奶,
看见上天入地的怪影子……

一束光,滚出我渐渐萤火化的身子,
一整天它都在被吃中享受
宇宙的乐趣:白胡须不是龙须,飞船却是

热乎乎发射无线电波的屋子,
隐形糖果,指挥喷出羞涩水柱的鲸鱼……
所有这一切,都不会在你到来时
终止:日落之时,乌有树下的盛宴刚刚开始。

2013 年 6 月

樱花，樱花

友人啊，这一餐的丰俭，
就遂了细风叩窗的意吧。

我们曾一起抢下朝霞的新棉帽
……英勇的笔触是：
碎花自喜，谁也没打算真认出自己。

风韵手电筒，正惊恐念出
这一句：瞧，瞧，树干竟然湿了？

友人啊，这一季的讽谏，
就遂了潮起潮落的意吧。
樱花，樱花，脱臼的一小滴红漆！

2013 年 6 月

游于艺

撕扯血肉的勾当,真擦不掉齿痕?
有些事体,超出艰难的禁忌。

"但你的头是方的!"绿气泡,
在想象着开满英雄花的文化斗兽场上
(其实,是说皱纹横行的额头)
缓慢升起,闪光……发楂也曾
粗硬,渐黑进一丛刺棘……
也曾杜撰妙句:谁,谁伤害了中国妇女?

当然,我没资格刻画荡漾的你。
气泡,刚刚在经济灯泡的
弧光上,淫荡地,斡旋了一小会儿实绩——

方的就是圆的。易,另有一景:
胡兰成不是风景,却攥紧风景中口苦的诗人。

园艺学,离开你的羞耻就不成立!

修辞彩虹的调调,就免了吧。
不是吗?我规矩也严,在锥形梅瓶中

插花，指节微响，似乎得气！

松弛呀，松弛……她，挤破舌根的积雨云。

2013 年 7 月

玉阶怨

或许,你青筋鼓凸的双手挥舞着,
……真能抓住点儿什么?
历史翻卷褐色尘雾,词语夤夜展演
泌出的片片黏稠汗水中,所有
隐喻倾轧着,取悦某头尖刻的豪猪——

滑板少年,仰望升空的航天器。
他抖动,边陲的大小群山就跟着抖动。

神秘比例,浮现于指头与指头
遥遥相触中……不是同类,昭示你是
某个定格于天顶画的受造物。
向上、向下之路皆虚设?露水如花,
月光惊恐,照彻你那白如闪电的好胸脯。

2013 年 6 月

附:李白《玉阶怨》:"玉阶生白露,夜久侵罗袜。却下水晶帘,玲珑望秋月。"

晨 起

晨起。穿衣,洗漱,阳台上
六月雪正清理嗓子……
我想,即使今日景象没啥特别,
隐秘的铰链,也会把
希冀、乌有、屈辱和急匆匆
赶着上班的事物,
连在一起。譬如,你
牙齿过敏,有些尖细的旋涡,
储存了幽灵多年的风声,
但咬不破股市乌云。
月亮也是。四季中,绿桂
已和血水一样干涸。
在它微微扩散开来的瞳眸里,
就只剩下尖利多孔的
浮石……说你每个清晨
嘴含凄惶、失忆的惨白月亮,
出门寻找新鲜吹拂,
却又满身履带、矛盾!这,
未免荒诞吧?但事实,确乎如此。

2013 年 6 月

复杂的话语,如何给单纯赞许?

——20 世纪 70 年代末成都的一帧铅笔画

一 复杂

浮动夜景。孩童、大妈们
府河边纳凉,蚊子与蒲扇,
因哈戳戳而有小奇遇,
因相互眺望,修复猫和老鼠
之快乐关系。榕树下,

黑白电视刚切换了聚散依依——

近处,路灯昏蒙,如吐出
一圈黄绒毛的橘红小星;
稍远,锦官城的赤膊大爷呢,
谋划绕道溜达,只因河水,
独自竖耙着翻卷起来的沉渣……

二 混形

孩童不是蚊子,蒲扇不是
大妈。虽然,她们总摇着蒲扇,
于屁股后追赶,想呵斥出
一瓢瓢井水向四周泼洒的凉意——

孩童跑累了,就会靠着
鸟头战栗的星云睡去。
所以,蚊子懂声乐而礼貌,
胖猫,恰有蒲扇圆乎乎的身体。

其实,那只披着豹纹、眼神
慑人的猫,一直蹲在
静脉与婆娑星光的锥形树冠里。

三　赞许

站着给的,我们站着接下,
未来,在河水上游。
那黑白电视时代,一个夏夜,
赤膊大爷溜达到府河边,
摸了摸柳叶状总在那里的
刀疤。他读过史书,
尚未发育出飙口音的青色
虚无主义;更上头的,
像某种简单至极的东西。此时,
锯齿状的热伏地而来,他
敞开怀,大喊:盛夏,请继续!

2013 年 7 月

暴雨持续下。远处有多远?

暴雨持续地下……好几处桥梁
被冲垮。浑浊、陡涨的河水,几乎
用咆哮,宣告平日那匍匐在地的,
一旦贯注天意,就比岸边
巍峨耸立的事物,更为粗野、有力……

一个宽额头诗人,搁笔,裸身,
在厨房思考茉莉花序与更无形的造物
之间的联系。远处,山石起身。
随无头将军一声令下,很快,
这泥石流军团,将轰鸣着,扑下山去……

夫人!作为惊恐活物的一员,
我们不具备决断的意志。这个都市里,
你平日下班回家的笔直大道,
已被积水淹没。暴雨,还在下……
夫人!若想回家,你,得绕道而行。

更多花夫人、鸟先生,此刻困在
莫名黑暗里。不认可切·格瓦拉无妨呀。
一位夫人刚回到家,你们在甬道

拥抱,如两滴碎雨;孩子们呢,
冲进雨幕尖叫,手臂上,腾起一层雾气。

2013 年 7 月

进行曲

相较木笃笃的物,人有特殊
困难……西格里夫·萨松说:
"我心中有猛虎,细嗅着蔷薇。"
现在,这事也出现在
前锋牌热水器专卖店老板许可
那里。他想为65岁左右
的老妈买份儿保险,竟不知
如何下手。在一个个身着西装、
胸别工牌的保险推销员
一浪接一浪拍打、灌输后,许可
更蒙了,甚至觉得:
老妈的未来,只能被一条
冰冷的、不知名号的花蛇控制,
即使,她的青春,一直
在"为一个更大的社会服务"。
"都是骗子!骗子!!月亮为何
不是一家保险公司呢?……"
月亮盈亏,晦明却笃定。
这事说明:细嗅蔷薇,无论
哪种蔷薇,都相当危险……
当然,这也是说:当许可店里

雇佣的小妹,胸口浪着
两个水蜜桃,故意眼前滴溜溜
转悠时,他的情绪,不再
有他们一起溜进影院看《少年派》
那般爽利,某种卑微的
愤怒,冰渣般充塞在肺叶里……
这事,就和死之明晰一样,
更有时序,随手挥出云霞:
也许不是棘刺,但它,总在那里——

2013 年 7 月

注:"为一个更大的社会服务",引自奥登《无名的公民》(范倍译)。

走泥丸

奇趣之人,扭头就了葱青,
我们又在干些啥呢?……星期天的
甬道,比树根还幽凉。去那
垂直拐角处取一小杯热水,
体会玻璃攥紧的透明;
远处高楼,披一层修薄的羽色奶皮,
它微微地荡漾,
像诗人显摆脆弱的灵魂;
而用针管挑战不公的人,此刻坐于
巨松阴影,快速地,下着雷暴的跳棋……
远行美少年,粉红胫骨
遗留在梦中炙热的沙漠里——
看来,收拾摆设的日子不远了,
历史经验,在在来自鹰俯冲的教训?
稍后,伴随耳畔乌有乡的盛放,
我会耸身返回云霄办公室,
继续,举枯萎的手,请教那篇
标题《金融神武 百花争艳》的论文。

2013年6月

一首诗

有首诗,不曾向写出重要作品的诗人展示。
向阳的山坡上,光影如如,
我先是看到黄铜,接着看到了巨大的
露珠,然后,又看到坟墓……
都说万物从善如流,但我希望,至少
活着时要希望,你遭遇的,最好多一些坚固
——其实,我并不喜欢这个"你"
像"它"那样人性,接我越洋电话时还有点
烦、腻,更兼随时洒脱,提防着
诗行中那隐伏的丝缕状、烟雾般的"恶"——
卞之琳写了:"明月装饰了你的窗子,
你装饰了别人的梦。"
让曼陀罗噗噜噜开放吧,"我有一根芦笛,
不曾和法兰西将军的手杖交换过"(阿波利奈尔)。

2013 年 7 月

朴 素

朴素，或许有粗细多种。
有人就是不同意。上周，单位头头儿
问大家暑期往何处避暑为宜，
本来，资粮就相当有限了，
却有少壮派，ipad 上将头抬起：
花果山吧，要不，整莽点儿，去埃及！

校车，频繁穿行两校区之间，
沿途拾遗：榕树常绿，气根壮；紫薇
与紫荆，树形差异大，花期，
却几乎不分次第……
好一个怪论：魏晋比现在朴素，
如果民风淳朴，好诗，将写在上游。

2013 年 7 月

同　类

描述同类时，我或许过于用力？
他们，当不起杯这清水中雄狮般的词语
——在轻和重两方面，在性感的
葡萄藤蔓喷涌烟雾的时候，
或者，当剑忘记了美德、秩序，就是如此。

是的，是的，即使词语小小的
头颅被摁在街衢灰色的下水管中，也是如此！

2013 年 6 月

火花旅馆

确实没有想到,没想到:
真理,有时就是一个人的模样——
沿脖颈而下,拉开温暖拉链,
雪梨翻转着,从里面,
一下子,绽出了群群彩雀的鸣啭……

夜,果冻,电焊工掌纹上的火花旅馆。

即使,大象从梦中醒转过来,
狐仙啊狐仙,请你说出
柔软珍宝,究竟给世界带来了什么?
船桨似彩虹,山巅星空划呀划的,
我,我?一枚荒谬透顶的磁针,震颤……

哦,莫要说"云散月明谁点缀?
天容海色本澄清",也休说,
出神处,"觥船饫口红,蜜炬千枝烂"!

2013 年 1 月

注:"云散月明谁点缀?天容海色本澄清",引自苏轼《六月二十日夜渡海》。"觥船饫口红,蜜炬千枝烂",引自李贺《河阳歌》。

其实，我一直想写下睡熟的你

其实，我一直想写下睡熟的你。

人世，何以温柔地重新认识？
词语无非池鱼，大小韵致，垂钓舌尖痴愚。

但那少年，多么厌烦喉间噪声。
鱼钩果真如寂静般笔直，
修眉联娟的池塘，哪来啰唣的神、兽、人？

"舍间波纹，蹁跹无端庄生。"
她命令云的水晶盘，盯住天狼星的梦醒——

奔雷的、满身怒汗的建筑工人。
梦见青鱼，转身又沉沉睡去的摄影师。

但她，一心想挥去浸出额头的阴影，
一滴无人称。一束锥形光线。
在你的鱼肉之白，和我的墨迹之黑中间，

星夜兼程与寂静，正比赛射箭！
中靶之前，一束苦艾被潮湿舌尖温柔替换。
其实，是熟睡的你，写下这一诗篇。

2013 年 9 月

道旁,老树新花,蜜汁微亮

道旁,老树新花,蜜汁微亮。
你行走,头埋得低,
低于楼群,低于风中树梢轻轻
撩拨记忆——时间小花样,
在微尘的奇异水桶里叮咚作响——
耳朵,低于形容的喜悦。
耳朵,沉寂树梢般长出。
一条闪亮的金属铰链,从天空垂向
大地!秋天了,我们无耻
于相互寻找,模仿那神秘时序,
草绳上引颈蹬腿的蚱蜢,
是翠绿话语?当然,不会忘记,
溪流淙淙,远不止于深情,
爱,低于因而高于世间诸物,
远处一盏灯,照过来:
鸟兽虫鱼,青门瓜,北山薇……
你,代替我和永夜啾啾疾走,
因为勇毅,银河,敞露出金黄瞳仁!

2013 年 9 月

为一位故友而作

灼目的事物,如下:
漠漠秋水,火星迎风挺立。鹭鸶探出了碧玉细腿?
一片低鸣的瓦砾中,光埋头寻找,
蛋清的心、黑暗、卷刃的丝柏……

而春天,你咬紧翅鞘目湛蓝的尾音,
而不必辩解:铁窗外,金黄的油菜花,海浪般翻滚——

更无须,颂赞讨喜的诗句。青春,
哦,青春与智慧的两难,是那红腹雀鸟自找的事;
土星忧郁、滞涩的晕光,铁桥上
颤抖的马达,以及迷梦中,巨蟒滚烫的汗滴
……或许,杀猪匠看来,是同一件事。

而排比,必须为无声之屈辱开扇镂空的气窗!耳中,
必须摘除声韵的喉结、瘀血的灰尘。

2014 年 3 月 31 日

击鼓,传花

……轻咬鱼钩,雀舌,稍快于风。
抹点清凉油,昂光头,撞击眼前这花树!

水花!嘶鸣小道德。烙铁下的白兽。
鱼腥,比暖风更好地,思虑了美之纰漏——

晨昏中忘了敬礼的人,写不了诗;
入神于坦克详细图纸的家伙,多半佞臣。

从蜡梅的薄、亮,到玉兰膨胀
的怒放……许多词语,经历了太人性的

……这里,那里,处处!红酥手
皆好所在;暴走,真会唤醒吊睛白额的

往世悲愁?而孤证,当如青锋,
如云端飞瀑,如愤怒中咬穿沉默的星球——

总有美丽的事物,依旧。闪烁的
银链上,谁建造乌有国,谁推开藏经楼?

2014 年 4 月

灰尘本纪

一粒灰尘,挑着两桶满满的水,上山去了。

信息时代快速闪烁、破碎的 0 或 1,可以描述这粒
灰尘。主……正弯腰,左手给老妈擦屁股。

老妈几乎瘫痪,身体的整个重量,向右下方狠狠倾吐;
……那硕大无朋的树,要把熟透的果实
掷出——是的,请,用右肩,死死,死死扛住什么——

一粒灰尘,不知没来由的悲痛是什么。
星空,如往常任何一个好日子,光线,在光线之中:

一桶水,给老妈洗屁股;一桶水,和繁花果然不同!

2014 年 4 月 11 日

春日郊游

外套已扔在一旁。野葵花，
胸口护心镜上，罩上层神秘闪色绒甲；
即便脱得一丝不挂，也会覆盖层
澹澹微光，物质深处的微光。
拥抱，甜而芳香的雾，柔软的防务：
捕风者来了，那刺进肉里的
矿脉的翠绿！可以说，你我都
不在这里，红嘴、白嘴鸳鸯，
早被湖水的形象，分解了，再误读；
"万物兴废，端端风流……"
此刻，内衣扔在一旁，群山
因野葵花疯狂地摇曳，首次被认出：
上一世，是只天鹅，羞愧的一只……
"这一只总在捏塑着高贵形象？"
光在成熟，腰身里一趟又一趟绿皮火车
飞驰；湖水呢，咯咯欢笑，再度发亮。

2014 年 4 月 14 日

甲午暮春,与众友登沁阳神农山

级级青灰琴键,凝固于山脊虬曲,
数日后,西蜀凉,云手开始疏松春末的音袢。

脚板心冒汗,一种联络;神农从你舌尖上
拔下紫药草一株,辛辣的另一种。

毕竟,眼前也久远。手脚并用地抢攀,处处
婉转立现,当圆桌过"诗与自然"后

——暂不说旧京洛的蝉,也是初晖挺身吗?
且叫得亮阔。记住,粗钢缆嘎嘎绞动,

将缆车中的你我,输送到层积岩半裸之山脊,
而中途,愈探身,近树就愈模糊。

然后是攀爬,脚板心发热,浑身银河初涌;
有一霎,几乎忘了,愈唯物就愈微观,

毕竟物看呼应误刊,曲笔的龙鳞松,
树干花白:我们流汗,死亡收集咸涩的盐。

如果这诉讼够热烈,就像此刻有人
恍惚听到远远的、远远的半声清冽的飞涧——

一凝神便不见了。从山顶祭台下山来,
呼朋引伴的路多条,手势都与淡淡隐机有关:

相视喘气,不谈笑鬼神,于头日薄暮
拜谒过李商隐墓后,在言辞灿烂的危险跟前。

2014 年 5 月 3 日,给春林、森子、夏汉等诸友

雾中穿过一小区,瞥见一块红色巨石

对于小区的日常光景,可解说为众星流转,
但厌烦,却有厌烦的道理——

我是说:草叶上,一滴露水粉身碎骨的欲望,
巨变的麝香,暗暗刺穿了谁的虚胖。

皮肤松脱,天顶火漆。未竟的理想主义,
正如肩胛的风湿……越老,越钻心,越素衣自欺

——我,厌烦小区水池边没来由的冰凉。
研究青铜器的退休老太,养了只八哥,逢人便嚷:

"不理你,不理你,不理你,……"
呵呵,别人耳中响幻彩,她的眼眸,生点点铜绿。

其实,八哥没遇上什么正经八百的人,一团雾
飘过小区水池,抵住一块红色巨石。

但借英雄你一颗悬浮如萤火的乌有胆!
此一小区,彼一小区,地地皆宜大小幽灵借居——

2014 年 5 月 23 日

辑 碎

悬铃木舌尖，亢奋着飞驰的金属声线。

发声或以沉默时最为耀眼。
郭泰，160年代太学学生领袖、隐士，42岁卒，
为其送葬者，过千人；
陈寔，一生宽容、忍耐，84岁上高寿仙逝，
186年，各色人三万为其送葬：
举礼，衣冠如云，彩虹直追吸音的地遁。

光线珠落玉盘的诚实，针刺胯下
两个玲珑星宿：采采卷耳，细辨鸾刀与鸟鸣。

沮渠蒙逊无疑是个好例。若居江南
修竹曲坳，儿子沮渠茂虔的名字，便可应景。
426年，儿奉父命，往南方求书，
哦，这有光以来人世最薄的棺椁，允诺
一部《搜神记》、诸别集，
以及，一整部石板样冰冷、凶悍的《易经》。

殷淳苦编《妇人集》（30卷），未传世：是否活该？

2014年11月8日

注：五世纪早期，出现了众多文学选集，《妇人集》30卷，殷淳（这姓名，啊，颇为刁钻）编写，是同类选集中的第一部。它们被列在《隋书·经籍志》中，但都没有流传下来。

剪　烛

> 我曾是游荡在这大地上的一个窥伺的汤姆
> 银河的气泡内部咕咕作响并发酵。
>
> ——米沃什

……秋日汤浓，时序玄黄，
锥形火焰仍在头脑的密阁中坐禅、拿大顶？
立秋以来，对面住户楼五楼一阳台
铁质防护栏里，每个清晨，
总有位霓裳美妇，机械闹钟般准时开唱：
一条隐形河流，自喉咙翻滚而出，
其灵府，红绿灯意志，吵闹的
星空般精确而错乱的记忆，正凝雾披霜……

小区里紫荆花早就开了，此刻还有
开的：一朵、两朵，一团、两团，一树、两树……

确实，我无法穷尽意志的微妙花样，
确实，"死亡不会漏掉任何一个人"
甜蜜、苦涩的生也不会。每晚，服侍年迈的
母亲就寝，无名，已使她身躯扭成

屈曲的木头……即使这样,哦,
即使这样,她仍会和我知晓的每个人一样,
"哎哟,哎哟"叫唤上一阵子,
挑衅般的,仿佛在和某种神秘的力量对唱。

2014 年 11 月 9 日

盆　栽

冬日阳光奢侈，此世丰俭择人。
午饭的汤团、荷包蛋，和我一样发声。

万物仍在万物浓厚的恐惧里。本能的
亚洲，幽暗不得不向广阔提纯——

石窍隐泉鸣，人在人去处，谁家
阳台，藤蔓的冬绿，看似春韭薄亮如新？

城中村汗腺，当然城管一样恼人，
有人埋首尘霾，认真繁殖文字的苍蝇……

云虎小腰牌让社区主任醉酒晕乎，
居家的锅碗瓢盆，映衬着远眺的音程——

糊涂读书人一直念：笃、笃、笃，
清醒的挖土机整夜吼：啃、啃、啃……

日晷盘刻"玫瑰露"一词？突然，
你的双臂，因转世的浩荡，电锯般一振。

2014年11月12日

剖　词

写下一个词语前，某种确定性
牵引着偶然，这，仿佛是
月出前星空的处境：素人翘首以盼，
暗祷能唤醒葱茏烟波的月亮，
此刻拥有一双妙手……请吧，
长短撩拨按，将镜中雾慢慢驱散。

譬如，余生想用那刚烤熟的
面包，比拟迷雾中性别尖耸的部分，
磐石是它的守护神；又或者，
雨水，如此解释声音与意义的脱轨：
近于光速的车厢中，你展翼
盘旋，她们仍在月台，挥泪如烟。

已被写下的词语，拍打那些
正在下车的旅客的裤袋——
远方，落地银币如狂暴嘶鸣的小兽，
扭动，时代租赁了它们的欢爱，
而写作唯一不能规划的事，
是死亡，是雨中缓缓结冰的脸。

而水果铺再次上市了山坡的新鲜,
像从镜中捞出湿漉漉的羔羊。
词语的胃口有多大,取决于历史中
她为爱对冲过多少风险……
黑脸修锁匠,总计划打开那不可能的
暗锁,磐石也如此,风,亦然。

事物获得形象,意味着开启了
真正偶然。你选择生的
纠缠、折腾,以便怂恿温暖的满月
碎于浩瀚!星群大小落笔,
词语的灰烬,鲜血腥味的唇:
诸事,此生,哦,唯有那肥瘦苦甜。

2014 年 11 月 16 日

断　指

那边奥林匹斯山，这边赶路的
风、霜、雷、电。

雨水随意略去，
雨水，因对枯木的滋润随意略去。
如果你在故园西南的眉尖发现一座悬浮的蓝色小岛，
那是一滴雨含着一滴雨，
那是水晶，节省了赶路的力气。

那边风、霜、雷、电，这边
耸立着奥林匹斯山。

舟楫故意着急，
舟楫，因对银河的思念故意着急。
如果我在未来的不毛之地开窍一眼飞旋、喷涌的孤独，
那是一个词挺举一个词，
那是无畏，葱茏了圆月的秘密！

月色晒晶亮丝线的渔网，天穹，
鱼苗啄恍惚樱桃。

静水深流略去,
静水,因命定托举暴力之银微微着急。
假如鸭卵青的我们一缠绵宇宙根基就突突增长再增长,
那是一滴雨浇熄一个词?
那是它思想,我们无端来来去去。

2014 年 12 月 6 日

纯　洁

皮埃尔，偶尔从黑暗中吸取感性，
冬日蚕丝被下，他的手由凉慢慢变暖。
一个人，一个星系躺在卧室里。
一本书，摊开在餐桌发酸的奶渍上。
灯早就关了，即使尚未完工的事物，
都已废止，鱼儿，仍在某处游泳。
那年仲夏，你真陪他在微烫的湖水中
折腾过许久，湖岸上，立着一块
粗糙松木牌子："禁止游泳。"
屏住呼吸，皮埃尔记得你棕兔的眼睛，
但忘记了你的名字：茱斯蒂娜？
茱莉埃特？被子里，孤独的双行星，
一个个硌人小黑洞，藤蔓疯长；
浸湿一切的，物质的栗子花气味，
依然年轻时一样，深深激励着他，
让其尾椎，如同旋转的磁针，蜂鸣……
他远非这本书、这星系的作者，
湖水的沉船，也早被你带往别处。
这个湖区，究竟在何处？远方

星流磁暴里偷窥的,可是一个僧侣?
此刻,他起皱的手(和虚无对抗、
与无名嬉戏的恶魔)挖掘着心口的位置。

2015 年 12 月 12 日

烤鞋器

成都今年冷得快,已下好几场雪雨。
除气候外,其他抽象或隐晦的
领域,也是这么个情形——
湿气,被体内电泵一丝丝抽压成霜粒,
敷在鱼形瞳眸上,或者,喷射出来,
积聚成鞋底水淋淋的印迹——
假如你穿着鞋,像模像样赶路的话。
"雾锁住的铁里有脱臼的声音。"
我想有个烤鞋器。用某种陨石
和一些怎么看都不起眼的小物件制成,
或者截取某团星云的光晕、脾气,
像从树芯截取苦胆的一丝碧绿。
我,用它烤鞋,烤潮湿的骨架,
烤无论怎么晒也晒不干爽的琐碎物事。

2015 年 12 月 20 日

秘 密

秘密有两种。豌豆般大小的球体,
通体墨黑,在镜子深处自旋,
千钧之力也打不开它。另一种要通透些,
比鸟儿飞翔的痕迹还浅淡了许多,
仿佛清澈的触目,白上之白,
仿佛空气,漂浮着你,无涯又无际。

死亡或悲伤,只是垂柳吹拂异名。
我当然不同意!刚才,你在卧室
让颜色消失许久,如把潮汛关进崩溃里。
一股钨丝的暗哑,关进另一笼子。
我立马写下这首诗,学鸟鸣。
你探头瞅,像海,探出一头晦涩的秘密。

2015 年 12 月 20 日

书 架

有时,我站在高大的书架前发愁。
颗颗星宿。发情的植物。一捧捧灰烬。
随手翻书时,发现自己,真是个
暴君!但又被它们,它们背后的他们,
精密塑造着,包括,某次夜游
断电的空白,以及发丝清澈的弹性……
"激荡情怀的事,让盆骨宽阔。"
也许,世界会承认得相当勇敢,
终究,我在烟消云散后留下了刻痕:
一条饥饿的舌头,卷曲着朗读,然后
消失……只是,它卷走某种秘密物质,
似乎从未存在的肉身,卷走了什么,
如繁星间缝隙,卷走一地水银。
"麋鹿,刚在水面描画了眼影。"
门反锁,热风,一直想阻止此事的发生。

2015 年 12 月 23 日

唯 物

唯物之"恶"已把人作为铰链的一部分,
作为闪亮的潮湿,或者历史草屑。
但人不会只如此。他制造各种事故。
失败,几乎是他唯一的技能,
从未平息的、几乎伟大的技能——
黑格尔,一个白袍修士,他照看物的残缺,
以至用"完整"的恐怖,来粉碎自身。

2015 年 12 月 13 日

第三辑　与自我谈诗（2016—2018）

唐　突

我们，在阳台上谈了许久，是不？
光线从午后暖到轻盈薄暮，我们谈了许久，是不？
这小区，穹顶之下蜷缩的万千事物之
一个，恍惚有血管组织的一个，挺立着，是不？

一些事，并非必要才存在。大小分殊、
瞬间错身的事任谁都懂，我们说：聚首、才聚首……
你理解人们不去湖边散步的理由，是不？
折柳如同枭首，水珠攒头水珠。终究，镂空了唐突。

2016 年 1 月 2 日

九 行

初春明黄的光线中,被剖开的人,
相当惊险地融于疏密物质。
物质,无论如何说,只是宇宙极少一部分。

新绽之梨花下,酒醒者素口锦心。
细察皱褶与纠缠,回旋潜伏,
光景逼你云端撒手,意识削尖种种宣称。

必不可欺者,言及混沌,不开窍,
更惊险的星系,争辩于泡影。
柳丝其实有奔跑胫骨,偶尔过来吹拂我们。

2016 年 2 月 16 日

形　象

我们，锥子样被狠狠敲入人世。

魔鬼的事业，有了原材料，
也被植入威胁、骨刺。

一火箭状电塔，立在山顶，
看来，它可随意编制
每朵浮云的悲喜，常说请、请……

如果，魔鬼伪装成粗粝石块，
上演碎成齑粉的把戏呢？

星空落地。风捂住身体每处缝隙。

海水的绿锥子，被狠狠敲入
人的眼睛！带来远古
海浪与座头鲸相互瞠视的讯息：

末日，它会为人世保存两小块
咸涩、活跃的湿润。

尖刺样锥入虚空的避雷针,
如愿意,深吸一口浑浊
人世,梦里放电星空清白的理性。

2016 年 3 月 30 日

诗的历史标准

小诗人有小诗人的标准:
诚实,美,爱爱恨恨;
大诗人,于崩溃中商榷原则:
复杂,精准,且宏阔,
对光线,有着绝不矫情的首肯。

耳朵流响。什么?"嗖"的一声。

敏感是共同的特质。春日,
樱花开眼,针刺瘀血的星空里,
绯红热,翡翠冷……你看看,
小饥饿,肚子总爱咕咕叫,
大饥饿则势壮,动辄死上千万人!

2016 年 4 月 11 日

无　端

午睡梦一词组——"隐匿的琴键"。
那年夏日午后,散发清亮
栀子花香的被单下,羞怯的
游蛇般手指,摸到你
精密排列的花扇上的小肋骨。
醒来后,到郊区转了一转,
望见零星小区,间植葱郁树木;
它们不是通常意义的琴键。
不知为何,总觉得自己也曾梦到
月光电梯里守更的小词组。
从箕张渔网,到荧惑守心之处,
水流,实乃一微米一微米除锈,
那个词,嗯,不像词,是"朱喉"。

2016 年 8 月 27 日

记 梦

常常，人，不知道自己身体里
藏着多少奇异的事物。
藏着只是藏着，粗布无端暖和。

孤独这器物，似乎只在她角落。
昨晚，梦到耳内涌出拇指大小的石头，
掏不完，很舒服的感觉。
圆润，结实，骨感。有的是水晶，
有的像琥珀……两只耳朵，
两个硕大但我看不见的绽开着的石榴，
安静地，养育光线团成的事物。

转身便是树。捧它们落地刹那
清脆、喜悦的回响……
但梦是如此不确定的事物，
但梦，是如此确定而流波深远的事物。

2016 年 11 月 21 日

偶　记

"月生初学扇，云细不成衣。"
柳枝下静坐的人，是想收集麒麟的蹄灰。
时光的颜色几近于澹澹水泊，
手眼不够，也就罢了，无须随枝分歧；
但你，真伸手扶住了烦恼的骨血，
波纹如裙裾，铁器上，一圈圈震颤、聚集。

2016 年 1 月 3 日

水明楼

夔州,杜甫蹲地上树鸡栅时,不知
自己的落魄会成就一尊"神"。
"四更山吐月,残夜水明楼。"
他的忧喜,比神所忧喜的,具体多了,
但也可能更严峻。现在看来,
修水筒,树鸡栅,写诗,为诗立规矩,
确实是他杜家的事,旁边真能
插上手的,并不多。其实,子美
人缘不差,在哪都不时有人接济,
落魄,有点儿自我闪耀的意思。
喝酒!高兴了就发癫,譬如自况以圣,
(这里面的危险他比我们清楚)
或者,写下极长极长的排律……
我想多数时候他不高兴倒是真的,
就像深水中,一头鳟鱼,用力稳住身躯。

2016 年 1 月 1 日

小　诗

眼睑银霜。他恍如梦游般起床，
踱到书房，看一眼书桌上手提电脑。
规规矩矩，它是平躺合上的。
从窗口往屋外极远处眺望，
山顶树木，树梢将树枝收拢在一起。
晨光，此处，物质被关在一团寂静中，
如圣训把教徒关在教堂的清凉里。
昨晚，它写石梯上苔藓暗绿的诗，
又写文字踏空时灼热的祷告，
月光如电力，接通身体连续的嗡鸣。
把身体比作电脑，当然，不合适，
"多写几句吧！"停顿。"多写几句吧！"

2016 年 9 月 8 日

易容术

真是各个漂亮！羞涩的是翘羽扇豆，
丝蓝，何况你还细细地斜觑了。

水果摊奶孩子的人，缤纷颜色的颜色。
其实，逢人，最想说出那团白。

工棚旁幽晃。不远处路面下，盾构机
吞进石块、泥土，又旋风般哐哐喷出。

隐秘之奶多酸涩。轻盈如微光的蝴蝶，
死亡这秘密物质，暗自在肉身上加速。

坡上植物，编织各个的凉与热，
唯有大声喊的，我们就真拿它没办法。

学诵诗的人来了又离去。就教于音韵，
不如露齿，不如点燃齿尖血迹。

拨开默默的荒草，她抚摸胎记，
这地方，很快会有可穿越的崭新地铁。

2016年2月21日

放　下

若没有沉沉痛苦作为压舱石，许多人
会不知所措。这事，想来怪异。

似乎一辈子鱼跃、戏水，竟不知永夜
为何物，只为临死，放下这东西。

湖面飙石子，一环环叠加波纹。
逐渐阔大的圈套。清醒，须向醉里寻？

石子沉入星网。它，比身体里
那坨黑铁还沉。贺拉斯早教导过我们：

欲使人悲伤，请先悲伤你自己。
我们，只是湖起身时溅起的几滴水滴。

肺呼吸模仿鱼泡，摄邻近星光。
曾无数次，爱欲享受参与痛苦的形体。

岸即压舱石，平躺的巨大雕塑！
酿醉而无羁，无非尾鳍耍耍嘴皮而已。

2016 年 9 月 5 日

如你所见

跳来跳去,碎碎念,飞刀斩。
如此神经质迷踪语风,
不知道除事实层面还有啥统一性。
今年第一次显出秋意的一日,
和朋友聊天,感到每个有见识的
话语系统,都在基座矗立着
墓碑状花岗岩。我们,事实上
相互敬烟,珍惜薄荷味烟雾
开在嘴角上不规则变幻的花瓣,
但没人,愿意在墓碑上刻写
一句腐儒的话,像此刻我想的:
物质和精神一样孤单过。如你所见。

2016 年 8 月 26 日

摩天轮

一

这么大一个外廓溜圆的家伙!
从圆中心伸出,钢铁的巨型手臂,
指端小玻璃房子,房子里
伸手抓扶手的芝麻小人……
缓慢、匀速地旋转,切实地
改变了平直的物事。从地面
升向云端,小山山麓,渐渐沉至
脚下的树丛,山后小湖泊:
一截亮线,苦杏仁状眯缝眼,
半睁眼,圆眼……迎着芝麻的
看,转着头颅看,仿佛那
空间自有魔术:这匍匐于地时
看不见的各色事物,从内部,
从某种幽深之处,自动缓缓翻出。

二

几岁的时候,我住在山里,
没听说过,也不知道世界上有
"摩天轮"这样的事物,
但空间,并不会因此不给我的

奔跑，上演别样的大型魔术，
譬如，与小伙伴捉迷藏，
随处，就可缩进嫩绿豆荚里；
或者跑累了，就在山坡上
树旁躺下，数数圆阔的穹顶下
奔跑的云朵：羊群，狮阵，
一头白麒麟慢慢地变成两三朵
蘑菇……黄昏星星挂上来的
时候，一架硕大无朋的圆形水车，
天际旋转着，送来水流的响声。

三
直到最近，我才发现：摩天轮，
不仅仅出现在游乐场或童年画面。

就在面庞上两个清凉瞳眸里，
各有一架摩天轮，正寂静地旋转。

沁色的特殊物质的圆……尤其
当我们熟睡时，它仍在不懈地转。

雏菊雨后的模样细细模仿它，
无论是盛世光照中，还是黑暗里，

传送来的图像都不依赖"看"。

它依赖的，或许，是时空断裂处

礼花绽放的光源：推动太阳
和其他星辰。今天你是翠皮青蛙，

明天，星际窗口密实的暗物质
云团，风凉爽，迎向那一张张脸。

2016 年 4 月 23 日

失 败

一个事实,以及事实背后因缘的
运作(甚至只能有一种解释),
二者之间,你,究竟真的相信哪一个?

曾是孩童,父亲的暴怒下瑟瑟发抖,
但冬天,我相信开花的石头。
你说说,这两个形象,究竟哪个才是我?

事实,在不同人眼中分量不同,
同一时刻,我可能是两个甚至更多个我,
但黑夜,地面总有镜子,闪烁辉映

流火的银河。写诗这件事,有人强调
它朴素的、向众人鞠躬的一面;
有人则说:真是神秘之物啊,如镜中淬火。

想想,仔细想想,再告诉我:你
究竟更喜欢哪个说法?朴素可赢取更多人
信任;神秘,真会神秘地少犯错误。

但野蛮的、对诗吐口水的时代要除外。

常识每每破碎于暴力之海时，
诗艺，有点奇怪地必须小灯塔一样突出。

2016 年 8 月 26 日

阅　读

韵律，来不及保护他的身躯

年纪越大，越多喜欢奥登一点。
对这个时代来说，他的
自我较劲有微妙、闪烁的庄严，
混合着看似优越的谦逊感。
他的爱确实是充沛的，
如其坚硬、沟壑清晰的面容。
你知道，我的余生不足以
真正与死者平等对话，
或者从身边发掘一块新基石；
也不够再次改变晨曦弯腰的
体验，混合玫瑰与冰碴的
燃烧，在宁静的狂喜和理性
之间。但可以，看见一尾银鱼
跃出河水，并伸手触摸到
语言天际线，那一抹黛青的山峦。

2016 年 11 月 21 日

跌 宕

雨在雨丝中依然抽象孤立，
如瞳眸深处的亮云。
绝望，张目于空气抱团结冰。
它耸身成游窜的飞针，
时不时蜇你一下。
接不接受不重要，哥德尔，
逻辑化了自己的高傲和
审慎，立起一个个
石质方尖碑。他直觉到
别人直觉背后的神秘物事，
只是他直觉的一部分。
现代语言多艰涩、精细，
但又错愕于冰针融化的无名：
没有清晨须交出自己的
迷思，更无诸种欢爱
于某部宪法中必得遵循的
星际悖论。此世的一个
小小尴尬是：生前，
奥登曾叫亲友在其走后
烧毁一切往来信件，
但没人，按他说的那么办，

就算精研韵律之人,
有把握让文字的山水与
德行,生出丝丝新绿,
即使,奥登曾为此暗自庆幸。

2016年2月25日

与自我谈诗

对于诗,太健全的神志是可怕的。
这就是说,那神志清明,
内蕴了晨雾般对神志的限制。
期盼想象力的羊群,催生斜坡上
青草,如舌尖泌出一滴蜜,
这略略等同于赞许新生源自心声,
但保持住了一丝丝神秘。
可能的问题是:历史约等于你身体,
但不是只有真实事物才够格,
更多时候,褊狭的得胜者事后之
编织,看上去像是从内部
滋生的噼啪引力,在花苞中,
在月球、潮汐之间沉沉的逻辑里。
也许,美,只是从各肖像抽象出的
反肖像的差异,差异于一面
清澈的凸透镜,将枝柯间不同
角度射来的光,处理为曲率连续
变化的凸面之透视。人的位置
在哪?诺瓦利斯说:最本真
的意义上,哲思,乃是一种抚爱。
此刻,最抽象的"原始"岩画,

也能白云出岫般递来葱绿的
同情心；人的额头下，散发
苦杏仁气味，分列左右的两块
湿润凸镜，两块小晶体，意味着
伦理，必将由两组方向相对的凝视
交织而成。诗的人伦，简单些，
严格"含义"上，它，吐出两个
极点映射、覆膜母本的黎曼球：
一个左旋寂静，一个右转静寂，
如乌有，或乌有对称物质的技能。
相比可接近光速计算的理性，
诗的优势是灼热天真；而相较于人
断电般愚蠢，诗的优势，
在于词语呼吸里加载的清澈理性。
晨曦，借由词语记忆，潜入
诗的心脏瓣膜；神秘涡轮，
于自身差异自身的独一性原则里，
泵动，让心眼上，曲线螺旋，
花叶婉转，似乎是受孕于光的
大造化：黑铁男，白银女，黄金眼……

2016年4月9日

挑　刺

在一篇翻译成《诗教》的文字里，
弗罗斯特，谈到了海森堡
测不准原理，作为某种"新式隐喻"：
空间是一个隐喻，时间是一个
隐喻。将数字，这毕达哥拉斯对
宇宙最妙、最有成效的比喻，
同时引入空间领域和时间领域，就是
把两个不同的隐喻，混淆起来。
弗罗斯特说：它们不能掺和在一起。
微粒的速度和位置不能同时测准，
问题，就出在混淆这里。
自然，他错了；接着，又将
其类比于芝诺飞矢不动的悖论，
就更是错上加错。文艺分子，尤其
宗教家，当他们想要辩论时，
情急中，老爱借最新科学结论来说事，
但又不清楚其为科学的前提，
如此情形，将来甚至会愈演愈烈。
这是笑话吗？可能并不是。
换个角度看，弗罗斯特的说法
还真有些意思：真理是世界的一种

隐喻，爱，是世界的一种隐喻。
将诗，同时引入真理领域和爱的领域，
就是把两种不同的隐喻混淆起来。
测不准之情形，必然会发生。
作为读者，我们要回答的问题是：
同不同意将它们掺和在一起？
可能，当海浪举起手想表示否定之时，
沉船就喊起来了：没问题呀，能！

2016 年 8 月 24 日

勾　当

这季节，已有两位朋友说：
诗，应写得一意孤行。
这是初春，乌有给我们凉滑的鱼鳞。

划水，何以集中精神？
你听：窗外鸟儿呱啦呱啦，
　　　枝头蓓蕾呜哇呜哇，
　　　对对可人儿啪啪啪……

岂敢素描天上睡梦般映照的事情！
但总有人，喜欢些甜心勾当，
你唇上的绒毛，静如湖光般醒神。

如此春花，云舌含我们热滑的鱼鳞。

2017 年 3 月 10 日

锦　鲤

三年前，我们在阳台砌个小水池，
养几条锦鲤，如同悬浮空中，
拽来一山晨昏和透镜里的自然博物馆。

楼下小区树丛，偶尔溅起鸟形
石块。梦中航线，抗议我的囚禁，
如暴雨，直接碎裂着水面乌亮的光斑。

"浪荡"不够，不解此一世界，
"苦修"不足，难明彼一方圆。
彼此欣会，如咬合紧密的闪电拉链，

从锦鲤鳞袍褪下——欢愉微漾着
那么真切地捉住鸟鸣的时候，
星宿之力，站在舌尖上悬崖这一边。

事实上，三年前，我还只是一团
无形无状的无物，星云之上，
望见了你那张水池边深埋下去的脸——

在水面摇曳如花枝的万千映照中，

驾驶这飞船,要靠无尽谦恭。

锦鲤呢,烁烁荧屏上,一个隐形图案。

2017 年 1 月 6 日

寄 语

今日,愿正直者皆有好去处。

集束的玫瑰花。染色花瓣。单薄的
橱窗浸出层层蓝色水雾——

门铃频打响指,妖姬被物流欢畅运输。

写不出诗并不可怕,让人惶恐的
是选不出分量恰切的礼物;
泥,腥味,但看时代的嘴唇吹鼓于土!

今日,愿心慕通灵者皆有异能,
笔筒要闪光:身心的名称,是同一个。

朴素者爱山间溪流,如你如我。
脊椎之蜿蜒中,摸到细小的接骨木,
它缝合,命名梦中白光的旋涡。

但愿,回顾今日,一种低伏的
咆哮,已被幽暗,犁进了语言之中。

玫瑰的今日：对将来某个时辰的回顾。

我活着，便注定有一种爱被禁止，
想到这，耳垂急速分泌出绿色汗珠。

2017 年 2 月 14 日

今日,闲

无论何日,你都可闲如今日。
白纸,什么都来不及写的白纸,
出现一条草叶状浅淡云痕,
你知道,这是灵氛静静溢出;
在这里,将那飞逝的瞬间,停住。
譬如,一遍遍,甩掉譬喻说:
此刻,我只爱你青春欢畅的面容!

至于灵魂,则是时光热锅
炒得喷香的葵花子。她,
曾驻身迷宫的水晶圆盘,与众多
小姐妹接踵簇拥,云影,使
其内部,滋生轻盈的磁悬浮——
现在,我用从未落空的手,
放其于唇齿间,说:嗑开它吧。

容身即储物,镜子,也总有
闲时刻,即使,它曾编织
一世花坞。我说,与之相对,
星群是写过一海岸诗的浪之泡沫,
在空中解开重力绳索的泡沫……

而每次,都有人嗑着隐形瓜子,
冲你中之我,闷声喊:停住!

我们真的会停住,如同白纸,
仿佛什么都来不及书写;
天上古镜,结一层圆圆的薄雾。
我们,尚未悟出光影中那
同一个名字,如果去抚摸,
就有一副器官温暖涌出:她
重新生长,正如你将我缓缓吞吐。

             2017 年 2 月 14 日

夜的对句

微雨润物。雾从夜的筑基处，
夜的缝隙处，拖拽出另一个"我"。

你整夜醒着：刀片立裤兜里。

尚未开始的路，名唤"如何"，
鹰羽呢，顺一根磁力线缓缓滴落。

光液，反旋花茎，捧出远星幽浮。

我知道，我在不断失去"我"，
但有人颇具才华，譬如，
焰丝在墙角的阴影中，雕刻露珠——

动用朝霞之溃败，邀请了青龙、白虎！

2017 年 10 月 9 日

别　声

凡寂静之人,总有某物与之相称。
一个年轻人,天府广场旁买菜、
走失,你诗行间,瞬间浮现微型漏斗,
或者,一根电线上的雀鸟集中营。

白鹤的名字,缓缓渗出细瘦雪意。
若真存在过,你,就有能力
调动遥远事物通过韵律的舌头发声。
就此,地铁里,悬浮一块黑色砾石?

事实是:每一瞬,我们,都在与
簇拥欢乐的手臂挥别,忧伤如此之多,
难以计数,以至于它们,落叶般
堆垒起来,成为你越来越暗的肉身。

有时,几乎要拖拽着整个地底,
同语法讨价还价。青年,从裤兜掏出
白陨石,一朵朵追债的银色火焰:
摆鱼尾,刷屏,炸裂于肮脏的水印。

"自由"犁开地表,晚霞的世界

不免哽咽:语法来不及平衡审慎,
以制服眼中碎云。你用体液,暗藏
顿挫、惊慌,以及,野蛮积累的血腥。

竹条筐,菜农的豌豆苗颤摇嫩绿
卷丝,给诗行裹一层薄雾状氤氲。
我们,将在比寂静更深的某处,走失,
彼此遥触,赋形眼眶里釉质的灰烬。

2017年2月25日

晚　餐

一枚煎蛋，一小捧豌豆苗，一撮
午餐剩下的肉丝炒木耳，放在半钵滚沸
汤面中，成就我今日的晚餐——

一个人，端坐餐桌边尽情享用，
入喉滋味响亮，胃里也柔和、温暖。

餐前没有教徒的祷告，更无柳丝
心忧天下的摆拂。吃得那么认真、投入，
仿佛双手已合十，万籁汇聚舌尖。

餐后，把那钵子洗得雪一样白时，
猛然意识到，这吃相，真有点孤身犯险。

2017 年 2 月 25 日

仿佛醒来

请对每天能醒来保持足够
兴奋。地下车库的微光，
轻旋，阴凉，凝定。
观察，牵丝所有形式的构型，
匀质之漠漠，逐渐胀起
蜂鸟般悬停的流线型尾翼。

昨夜，当有某物静静涌回，
拜访无名身躯，你我
似乎已然弃绝世界的侧翼……
此刻，睁开的眼睛，无疑是
重新激活的偶蹄类星云，
枝条上，螺旋交互而甜蜜。

我们，经过重置，竟然
保持了凝视彼此源泉的好奇。
花枝牵丝般涌向大街，
抛掷花朵、叶蒂：似相识，
却只可借助鸣叫的触须——
小车钥匙，插在新鲜锁孔里。

2017 年 10 月 1 日

我不再给你一个名字

进厨房,煎蛋的平底锅在哪儿?
一支釉质汤勺,淡绿,若放进菜汤,
则不易看出,仿佛化掉了。此刻,
它,在哪里?想想……在此处,
我,还是不够熟悉,不够彻底。

昨夜中秋,厚云遮月盘。手机上
划拉"星图",笨拙地,见许多
陌生星星的名字……抬头的日子太少了!
宇宙中,某种乌有静静包裹我们,
但人,游荡着,似乎从未"捐躯"。

有时,清扫书架,发现千年前
的名字,卡一粒灰尘,竟如遭电击
——这里,那里,人有各种凹凸,
光线缠绕于幽幽古直,来不及
碎裂中,清点好人的眉眼、枯荣。

但人要学习着抚摸自己,耳蜗
大丽花与足踝飞轮……佚名飨乐图,
摩诘瞥曰:所弹,乃《霓裳羽衣曲》

第三叠第一拍……名字，是传说，
而你，躯体正低伏，焙热甘苦一滴。

2017 年 10 月 5 日

无 题

她把烟头掐灭在烟灰缸里,
她舍不得去睡而正适宜睡。

秋日味醇,月色铺匀偏僻
屋顶上最为"神秘"的白磷。

还有比她身上蛮族的气味
更让人心碎的吗?不,不……

露珠。那个禅杖男人,
此刻微微动了流光的小心思,
像春,仿佛动了一丝,春。

2017 年 10 月 13 日

相　信

相信圆乎乎少女脸，相信纯洁。
午后街头虚影下，水汽就是圆形的，
而一个时代的进击，则是矩形。

为了能使地底下涌起的力量，
咬噬树芯，雕出微颤年轮；
（不咬什么，齿间也会残留枯腥）

更为了，数代望气者广博的无聊，
声声更漏，恰似圆潭深处，
幽缓，但又坚定潜泳的青灰鱼鳞……

无论如何，我们，依然保持了
锥体的形状，并相互辨识。
你从某处来，似乎嘴含一份前生。

对不起，有时候，我会梦见
一个异族少女，正从你瞳孔敲下
鲜红冰碴，而你，一直在寻求感激。

这是街头，地铁，刚刚拱出地表

张嘴哈气,借机吐出你;脚下
盲道,轻轻抬起天际线晚霞的鞭痕。

好吧,就约在圆弧里喝口热茶。
紫亮乳晕的少妇,扭腰研磨点啥吧,
且让鱼和水互旋,忘却彼此伶仃……

2017 年 11 月 18 日

混吃等死篇

自从肉体品尝过它的绿垂丝,
我们,就一直把这当成
某件独属于"我"的事业来经营。

唯有你快乐,涌泉方能随心。

毕竟,任何人都将于迟暮的
分解中撒手:斯物闪烁,
至今仍没人配得上那浩渺、逼真!

腥甜柳叶。死,是我的轰鸣。

尴尬的问题是我们都长出了
浓重的鼻毛:长身而起,
引力波弯曲星球幽冷疾速的滑行。

2017 年 10 月 30 日

遗　产

盆地天气，难得有好光线。
坐在阳台藤椅上，看了好一阵
微信里的朋友圈。伸伸腰，
引动远近新旧诸物，在体内，
碰撞出生生灭灭的波澜。
世界变化真的很大，近来，
有人频频预言这个星球的组织，
将会重新洗牌：偏执领舞，
新绿的针尖对着闪色麦芒
——喝口茶，刮刮胡楂，
摸摸浑圆脊椎里起伏的雪线。
真得感谢活着，让我作为
普通人，卷入层层翻涌的帷幔。
是的，和你暗地承认的
所有人一样，我没改变多少，
仿佛本是那份叫不出名字
但仍记得自己微弱嗓音的遗产，
历经累世，长出悲痛舌头，
频频被风暴无端剪断的舌头。
也许，她，不只商议过去，
更是未来的笞帚扫出的图案，

一个有点不好确定的图案：
光线，合欢树叶间摇曳而来，
羞愧然而笃定，袒胸露怀，
邀约了翩翩水流，雀跃于关联。

2017 年 2 月 15 日

霾　人

雾不想为霾背黑锅,有时候它用
另一套语码说话。你,听不懂就算了。

但霾本身,就是一口黑锅罩着大家,
尤其在盆地,盖住了就像埋好了。

所以,这里鬼故事就是鬼讲给鬼
听的故事,就像梦,是你真正闭眼后

慢慢痛醒过来的肺泡。仔细想想,
以前有人将梦譬作朝露,实在是托大。

实在太低估死后再死的非自然了,
霾下哪来朝与暮?更没有青丝的露华。

喉咙嗞嗞火烧,淤塞为肺叶上的核桃,
换一副形似幼马铁嚼头的口罩吧。

河流依然天天早起。唯一踊跃的
时尚,多长些鼻腔里又黑又密的鼻毛。

2017 年 1 月 7 日

写得少了

近年,诸物兴盛,但写得少了。

也不是真的不想写。
提笔,打开电脑,总觉在霾里。

何处涌来?天空这个肺,
似乎比人会"呼吸",
但它,已然郁塞了层层黑絮。

仲春之时,曾跟老婆说:
"再造一台空气净化器吧……"
(可笑的是:现在,我们还没动手)

鸣禽的舌尖,运送精密活水。
霾,进驻肺泡就不会走的鬼东西。

人属土。风,闻到人慢慢闷燃的气味。

2017 年 10 月 8 日

群体沸腾

秋天的意思是：暗怀自我期许
之虚无，在我们这时代最为蛊惑。

顶礼生物钟，精确配合地轴
旋转，正好吹拂落叶枯黄的面容——

天天转发推文，以示随时澡雪；
随风耍耍流氓，勾兑可爱粗朴。

要紧呀，上道之人得有多副头套，
秀声虎啸，二三旧友颠荡驴首。

你看，我爱的事物是消失的事物，
你看，巨人肩上哪怕是侏儒？！

星球的孤独，乃造句的孤独，
它在这：暗物质，有双响亮的手。

"常识"迷糊回顾，可就弱爆了。
你我，它们，当真改变了语音结构？

2017 年 10 月 3 日

抄录：银海

　　自然是神书写的一本书

一
1335年春，彼特拉克攀登
旺度山，学狮子检视小小耻骨。

春色翻新，远树似绿云。
贴身口袋，横揣奥古斯丁
《忏悔录》，这低伏旋涡，
蛾眉的连襟，赠他草尖柔顺。

历史证实，这一次远足，
成就了彼特拉克：第一个现代人。

二
还有一事，也值得抄录。

1464年一个早晨，曼特尼亚
和几个哥们儿，兴冲冲来到
托斯科拉诺，在此处，他们
要临拓那古希腊废墟上的铭文——

美啊,废墟上的粒粒黑晶。

再忙碌,也无妨玩耍嬉戏:
互赠古代头衔,请皇帝、谋士、
士兵,统统在扮演中复活;
再说说风流话,直接为梦授粉。

晚霞初降,废墟不远处有
座教堂。去那里,祷告、谢恩,
光一般狂热,大火一般虔诚。

三

留下一帮蠢汉瞠目结舌吧,
他分开人群,大笑着,昂头消失。

刚刚,从塔上,他同时抛出
两铁球,一个 10 磅,一个 1 磅,
像发射两团神秘的鸟影。

塔下彩羽的人们,没有想到:
两球几乎同时堕地,砸出圆臀状

一大一小两个土坑——
还有比这更伤风化的事吗?
让他们,继续唾沫横飞地争论吧。

1589年,比萨斜塔,掷球者,
据野史,是一个名叫伽利略的人。

四

7月5日,1687,世间有事。
《自然哲学的数学原理》出版。

牛顿,一个卷毛学阀,在书里,
极仔细、审慎地使用拉丁词
"gravitas"(意为沉重),
为那现称为"引力"的无形命名。

沉重无处不在,俗称万有引力。

五

压舱石沉入咸腥、威严的海水,
不走直径,而是顺着隐秘的
斜坡:石与水之间,有细物卷刃。

平静湖面,折断一根笔直
树枝,能听到狮子骨折的声音。

1872年,博学的戴德金发表
《连续性与无理数》。他认为:
若把直线,折断成左、右两部分,

必有唯一分点——此乃连续性。

如斯,落日还有些粗糙神意,
分泌了时空,如狮子,
捧出来雪地泥牛般搏斗春色的心。

2017 年 11 月 21 日

三 帧

一 土行孙

不可知的事物在灰烬处旋步,
布朗运动带来好消息。

我,追一头咸鹅,测度仔细,
喷气机悬浮窗外,也算计,

直到把你钨丝一样在灯泡里弯曲。

二 吕洞宾

我不相信天外飞仙的东东,
但你这番话,仍显得足够神妙。
正在说的——某句话,
其实代表这波浪这表达寒冷的部分。
它,就是一块有形状的冰。
说出来就将永不消失的冰。
席间谈话,仍铁环般向前滚动,
间或,溅起路上几个白石子,
它无肉身,却用"我",冒出黑云。

三　观音

因为自由，因为那隐忍的
起伏着抽丝的负债率，
我，要从你耳朵的雷达中拈出
纯音质锥状物，缠裹着
白上之白的浓雾。当我们
诱导外地人参观了披鳞锦鲤后，
你的胸脯喘气着对位法。
各处颔首，穿梭的消息是：
边控树立尊严，清粥令人发愁。

2018 年 7 月

短世纪

世道运转到今天,每一回乌鸦
和夜莺的描述,都呈窘态。

太泛,不能精确具体;又太窄,
总有陌异经验逸出沙盘来。

线偶脚尖里格啷,人需要
新引线,引流"绿宝石"的甜。

如此剧场,哪能描述落日舌根下
那粒小药丸?顾此失彼罢了。

是的,我是说没有谁能在水面
照出一个形象!每次行动,

都像听风者执迷于涟漪的妄念,
寂静却骑上新桅,浪花上

推演小概率事件,似乎抵押上了
滚滚人头,就有新的一天?

我相信静静饥渴依然是旧的,
压舱石沉在水底,悲伤起伏婉转。

2018 年 8 月 3 日

感谢万有

感谢万有,每天早起之后,
可用凉水把脸洗干净。
我们早起,即使最落寞的时候。
先于眼睛用途醒过来的,
当有粗朴而热气隐隐的事物。

这路口,往左进城的地铁站,
从地下连接了此处和市区
的繁复。这几日,她总在拐弯时
遇上几个工人往右,他们要
去工地搬砖,神情微倦而抖擞。

错身而过时,她几乎就要
挨上其中一位黑红的肘尖。紧身
衣裤裹着迷茫的时间,汗气
涌过来,追上她快速弹开的脚步,
她,和他,几乎都没有回头。

"但愿我是裹住迷茫的丝绸"
她往前蹿了一步,一股温热溪流
流下来,膝盖颤了颤。"感谢

万有！世道艰难比铁还硬，

人间，仍有隐秘忠于自身的事物。"

2018 年 8 月 4 日

切 片

时光的一个切片。在即将
动身去某地看盛大烟花表演前,
我们约在人民公园喝盖碗茶,
聊许多事情,尤其是那些
避不开的,包括诗,如何
成为音韵对时代困境的反击;
包括某个意象,因为滥用,
大家厌弃,但它然具有魔兽
的意志……我们都熟悉
黑暗铁砧上水雾发出的嘶嘶声,
故而不去谈论目的地。你曾
起身,从颤动空无中撷取一小段
乐曲递过来(没听过的),
若看见你嘴唇鲜艳得如沙漠
玫瑰,就晓得,你该拥有
锦绣前程:细雨和剑门遭遇
的事,我们会陪同毛驴再度
经历。夜色,瞳孔中扩散均匀时,
我已在震颤着回家的地铁上,
对面坐个少妇,那烟熏妆,
简直就是从你脸上复制下来的。

一双隐秘的大手在归类,
一个集合,移动着将陌生的
不同去向的人集合于地下轰鸣。
作为一次潜游,它暗示了
对你观看,或许因为日光的
涂抹,会生出内部反转的脾气,
但这,并不能排除你我此刻
莫比乌斯带似的友情。那个
少妇比我早一站下车,她抬足
跨出地铁车门时,足踝上
刺青飞起来。一对星光翅膀。
是的,我知道,正因为这
偶然的相遇,更多的相互陌生,
她比你我更了解目的地何为:
词语在"沙漠玫瑰"中解体,
汗水混合血水,从沙堆渗下,
我们,还原为无人认领的散失,
铁砧黑暗而火红,腾起嘶嘶水气。

2018 年 8 月 7 日

对自恋者生日的形而上批判

生日。危崖入流水的管弦乐。

你得有复数的身躯。
悬停的。铜管的。

请分身一桌抛掷礼帽的餐具。
谁在揉弦,石膏像斜睇
涡出个大我又分分钟"翻船"的你?

阴 历

早晨起来,觉得瞳眸上又有
细碎的鳞片。亘古的
无物,新生的傲慢,心物
纠缠中吞吐着,舔舐墙角亮斑
晦涩的甜。光,依然是
可信赖的朋友:自窗缝处,
放射着,照耀我拐进厨房,
为自己准备一顿早餐。
不小心左手摸到汤锅的金属
边沿时,竟忘了,它已被

火烧了许久，一道白色灼痕，
烙在我食指指肚上面——
"吱"的一声，一个瞬间。
拧开水龙头，凉水，从不知
究竟有多遥远、深邃的
黑暗管道中涌出，冲刷
颤抖的指头。就那一瞬，我
想起：今天，是我生日。一个
你和这世界相遇的纪念日，
一个想要去喂养自己却
操作不当的日子。这一天
该嗅着薄荷研究星辰聚变律？
曾经，某一年的生日，
真的忘记了自己，头顶
街头汹涌的溪流，在礁石旁的
沙泥中捕鱼。当淡青色
渔网从她翻波戏浪的腿上褪下，
我就知道天穹会白夜一闪，
那条摇动地基、又处处
隐匿的大鱼，将翻身把我吞噬，
并潜回一个个白昼水底。
说起来，这应该是我和即将
到来的夜晚最初的约定，
更无疑的，光，将继续是我们
可信赖的伴侣：从厨房出来，

往左拐个弯,就是正要
打开的家门。我决定出门
往西走走,那里,涌片光海。
凝视,会使瞳眸上的鳞片脱落,
当然还会看到更多,比如
许多意外遗忘的事物,比如,
礼炮般轰鸣开放的,星辰、花朵。

阳 历

清扫了过往异文而依旧波纹般
吸收进绿色骨缝的日子。
生日,笔头藏了泥,新桨仿制旧雨。

欢欣地扯掉新买的十几本诗集
透明、紧身的塑膜封皮——
好白好弹性!书页嗡鸣皮质扩音器。

小子还是拖鞋随意乱扔,通常
光脚窜来窜去。说了白说,
新一代不怕事,顺便累积长辈委屈。

这生日也呵呵,吃水线下沉的
消息,怎么看都是地板上反光的钉子。
登山也罢,免费酸涩坡道的新趣。

"打个赌。你不会在今天任何

一个时辰,读这破诗……"

"催命鬼,挖胸中攒得嘎嘎响的砂砾!"

2018 年 7 月

春　宵

> 爱的神秘在灵魂中生长，
> 但身体仍是他的圣书。
> 　　　　　——约翰·邓恩

*
你颇有阅历，可随时邀请
绿犄角的迷途者缝制身上的湖水。

枚枚默语、透明的松针，
薄薄皮肤下游弋。

它们射向饥饿中"善"的不同窗口，
仿佛不朽，问些荡漾的问题。

而通过卷舌伪装波纹的扩音器，
将被允诺看护这皮囊之新；

云端，监控数据半弯着腰，
横躺的孤眸，一块风中发蓝的冰。

*
给魔鬼的英雄气度抹点黑,
这行为,有必要借点纯洁来掩饰,
仿佛时机与暗道串通好了的。

暗自吹灰的柳丝有看不见的
湿鼻头,此刻,如果还
有点冷,那说明爆睛之事将要发生:

晨昏易装的少女,特别适合
飞智能泡泡,再譬如,
龙换气,晚霞,滴下传奇的淤泥。

*
玉兰吐白,团身油脂,椭球形状则卷绕了春饼。

朋友们,嗬,朋友们,快来吧,
削了发,赶赴聚会,恢复一小滴青山秩序。

我们皆不善饮,口渴就在舌根处
搁一粒海盐;荆棘丛知晓
比自己高明的人,造访过波浪状的这里——

但咸水的舌头也认识几个汉字,
其透明瓣膜,快递给

风面浪起的眼形分枝晦涩尖利的争吵:
亲们欢天喜地！聚会的农家乐，名"蒙氏叫花鸡"。

*
大概没人，能数出一个夜晚
你的梦与梦之间，有多少缝隙？
我也不明白，上一刻之我，
怎么一个跨步，就到了此时此处。

你，习惯把一个一个石子，
堆垒成圆锥形，摆放在
丝蓝水雾浸润、颤摇的大书桌上，
希望这空间，隐开细小螺旋。

人的一生，总会有些曲折，
夜，递来养心者的吸管。
就算看不清，也总可从眼角
吮吸出一溜烟喜鹊、一粒粒海盐。

永恒寒冷，数字表情模糊。
当偏振光从卧室薄薄的星轨
旋身归来，花纹刻在了你手臂上——
爱，映在无形开出的枝条上。

如果是春宵呢？融化掉的

事物,比缝隙更为逍遥。我们
信任银河边缘咕咕鸣叫的水鸟,
你我的神秘友谊,有多少,算多少!

2018 年 2 月

第四辑　丝绒地道（2019—2020）

历史沉船剪影

站在潮汐肩头,眼睛再专注,
也望不到月球另一面,
那旋转的、永不转向你的一面——

船,从烧烤摊旁的涌流探出身来:
"不反感写韵文,但着实憎恶
谁在夜色伤口上,刺绣出一个鲜艳。"

人性没有给吞咽者一种恰切的
自然语言,却替他晨昏烦忧。
烤茄子有鲸鱼味,似乎无须重新加盐。

"真的吗?""词语,承担了让
一个个烟熏故事长久流转……"
麻辣烤脑花,已由铁质烤盘递至嘴边。

2019年5月4日

门禁卡

哔一声,小区的铁门被刷开。

电子门禁卡,我都还没收好,
那个裤腿上沾满干鸟粪、白漆点的
家装师傅,就已从旁侧抢身而出:

一股浓烟,一群群灰翅膀,
从我身后诡秘的安静中抢身而出。

回头望了望,惊异于自己
有一丝恼怒,又对粗疏、沉默的
蛮勇,有着云翼的理解性认同。

他们不会回头,如狮子再回头。
这小区,春末晚霞的一千匹
彩练和一万种消息中,蹲伏着
喉咙被铁丝网死死勒紧的狂暴野兽。

历史的清单,往往无物可替换,
远眺者,递来夜冰和浓烟滚滚的手。

2019 年 5 月 18 日

在监舍

一个永恒旁听生,数度进入
此地,只为看上去不起眼的事情:

(羽蛾在黑胶唱片密纹里战栗)

那溪流学会突然苏醒,有人把
一号电池的金属底板边缘,
急切地,磨成了吹毛断发的薄刃;

(探监者看你,哭一次潮汐)

又或者,粗糙砂石会耐心地磨……
牙刷之手柄,内蕴着挺身
直捅出去,长在指端的破空飞鸣——

(时代裂开又弥合,弥合又裂开)

每每被劫持的自我,已进化成
狱卒头头,心硬如海岸用旧的新颖。

2019 年 5 月 29 日

青　年

和朋友通微信电话，感叹来不及
握住就几乎消失的情感。

耳边的蜂鸣包绕无形的"这一个"。
看不见。舌尖分解电流的盐。

厚重泥浆拖住了你手脚，摁住语言。
恐惧。肝胆上的环形耀斑。

在这里，似乎永远找不到一个词
来描述：青年，青年，青年，青年……

世界没准备好你到来，客观拽
后腿，真复杂，复杂了单纯的灾变。

某个夏晚，你被希望去找污秽报仇，
但夜幕已降，在你和岩石之间。

我们痛斥自己甚于时光的痛斥。
摸你的唇。星体炸裂，渴饮这黑边缘。

2019 年 9 月 4 日

剂　量

恶确实像腐臭，让人有身体反应。
恶，也可以是顽石，在某些
组织基座那里牢牢生根，甚至，
石化雏鸟数代的梦境。对于
我们这些风翼下微微摇晃的俗人而言，
唯一可寄望的是：恶，最好
成为一种锻造，锻造新物的雏形。

而在锻造者手边，除了铁砧，
还有一木桶清冽的冷水——向必然
不称手的月亮，弯腰挖掘。
小剂量之恶。我们是小剂量的。
永远不要奢望眼眸中的月影，
木桶中的银鸟，有磐石的身躯！
微涌的，泪水的光辉，紧咬着嘴唇。

2019 年 9 月 12 日

嘶吼的除草机

沉溺了一小会儿。在刚刚梦醒
还未睁开的双眸里,含着
马上就要裂开的湖中细鱼苗的丝绿。

惊醒我的是窗外除草机的嘶吼声。
为几天后某安排,小区动用
几十台机器,要把所有绿植弄整齐。

我躺着,一根枝条躺着。物质的
命运常常不在人类思虑之内,
为方便,还被强行区分成是否有活性。

前晚,那个我秘密爱着的健身的人,
用月亮口吻说我身体有青草的
气味。我想了想,说:但愿,这不是

一个幻景。窗外,除草机的嘶吼,
似乎比丛林野兽更具有吞噬感,
它奔越跳荡,充塞亢奋或郁躁的人声。

你还躺着,想记住更多绿植的名字,

记住自己几乎就要炭化的名字。

但可能,枯枝已然忘却了遗忘这回事儿。

2019 年 9 月 27 日

口音：麻猫儿

想想，谁第一次将秩序带进了
人间的生活？很多时候，
它来自幻术般的、明灭坟头的磷火。

"老公，把垃圾袋拎出去吧，
天黑了，我有些怕小区里的麻猫儿。"

夜色，近乎一种切磋。扔垃圾，
是这个我时常踊跃而为的事。
"但你嘴里叠声的麻猫儿是什么呢？"
百思不一定有解，人要善待脑壳。

"小时候在川东，一切都贫瘠的
年代，若有小孩，天黑了还想
出门玩，耳边，便会频繁听说这货。"

"出去嘛，不怕麻猫儿咬脱你脑壳……"
"出去嘛，麻猫儿正好肚儿饿……"

"但究竟啥子才是麻猫儿吗？"
眼下世道倒肥硕，地沟都在流油。

"想来，麻猫儿就是麻老虎，
老虎，黑色的老虎。也是鬼魂，很饿。"

想象能赋予这个夜晚以秩序吗？
不能。月光照着楼下扔掉的垃圾袋，
一条秋刀鱼的头，闪烁银色，
锐利三角：我们吸掉其细腻柳丝的肉。

2019 年 3 月 23 日

注：麻猫儿，云阳（原属四川，后划归重庆）一带方言，多用于吓唬顽皮小孩。

口音：麦子小伙儿

唇齿开合，轻吐这五个音团时，
总感觉隐隐有一根湿拉绳，
要把江心里那副拖网，拽上岸来……

江是长江，绳索连通江底涌潮。
会有一刻，水面哧一声绽开：
拖网中活鱼多，蹦跳如深青的焰火——

从小学习，真正的美味只收获于
水深处。这词组，确实曾
赞美某青年，追慕一粒饱满的新麦，

站着，欢快脱下干燥的穗壳。
"哎哟，麦子小伙儿一滚就出来了……"
江雾含火星，新娘拽紧新郎的衣角。

曾有多次，为钩沉先祖一次次
流亡、反抗，你化身溅起的
红泥，观察过万物眼中麦苗似的火。

我们相遇，一条江水在黑暗里

缝合着许多事物。黑鱼深水

游弋,光的词语,脱下鱼鳞般穗壳。

2019 年 3 月 31 日

注:麦子小伙儿,云阳(原属四川,后划归重庆)一带方言,有喜剧色彩地形容小伙子精神、机灵。

每 日

每日醒来,我们都面临一个
特殊处境。人形的孤独
有多深,事物就可以有多深的
新颖:昨晚,你在睡梦中
轻轻挥舞着拂动水面的异星花枝,
此刻,重新回到枝头的位置——

每日醒来,我都记着像一个
理性人,连喝几杯清水,平衡
你已不是你的争议。呼吸
充溢了形状,分泌甜味的花粉,
我为"你"似乎贡献了什么,
镜子立墙角,我们不必反复确认。

但从溶化在晨曦里的书页上,
我看见另一种星光,那些细小的
遗体,字形的黑颗粒:危情
遗漏了又把我们无声地连在一起。
现在,该是相互认领的时刻了,
细浪用嘴湿润你,完成一次次新婚。

2019 年 5 月 3 日

隐秘智能

蜂群筑造新式蜂巢，以适应陌生，
假如这世界真可以陌生。

多年前你用过的蜂窝电话，此刻
收缩成一滴回旋珠泪，汹漫、
咆哮在耳聋老人镇定自若的耳道里。

黄昏下，马儿回头舔自己肩胛，
一枚枚蝇卵，被潮湿舌头
卷走，送进马儿黑暗而温暖的胃——

多么危险，实则是你难以了解
的新生。现实中，每人一身彩虹的
信息盔甲，翻卷着层层鱼鳞：

请警惕那手握柳叶刀的悲悯先生吧，
死亡不早也不晚，长进头顶星群。

2019 年 5 月 28 日

生日诗

夜半有星光,下海捉鲸鱼。
深水之下,水压的棘刺,
小腹上那半是明黄、半是新绿
的草甸,起伏得兴奋莫名。
鉴于浪掷大半生,却仍不时
被隐秘的激烈捉住,你,
是否该耸身钻出尘世海面?
抑或仰首,倾慕夜幕上闪亮的铁钉,
旋转中习得一种微妙平衡?
事实是:你我混生过了这些年,
时时分歧,而又处处合体,
还将继续互称对方为"我"地
过下去,形同一个鼻头下
同时蹿出的两股山风般鼻息:
你负责反叛、混沌,和委屈,
我则由此渐渐清晰,并
酿造因为喜悦而忘形的过分。
今天,我们的生日,晨曦,
照亮海面上荡漾而炸裂开的水晶,
提示你思考何为"灵魂之爱"
——看看吧,墙上镜子中,

我半白的头发倾覆在你额头上，
霎时雪白，仿佛这世界上
未曾出现过的奇妙的白上之白——
那正是我希望的样子，提供
一种区别于寒意的纯正：
作为侧漏了未来的精密输出，
黑暗被承认，却未曾得到宽恕，
虽然镜子，已将你余生宽恕。
星光是这世界闪烁的盐，
我们熟睡时默默撒落各处，
熟悉的味觉，也是陌异的面目。
而山风，坚持触碰更多事物，
你的额头，我的额头，他的额头：
那条鲸鱼，此刻，正从明镜海
跃起，股股水柱，就要彩虹般喷出——

2019 年 7 月 19 日

好故事

她讲的故事：
一个森林族群，湿气和无名木纹的
汹涌，将其迁移到平原、坡地。

因拥有蜿蜒地底的复杂技艺，
他们阳光下建城池，几千年挺立。

新国度。那潮湿、幽深的传说，
也跟着袅升，在瞳孔微凉的花瓣里。

……

他接着讲的故事：
当高效脑机接口可发丝样
种植进头皮之时，我会
负责观察人形被落日的威严凝定。
冰镇的飞鸟，双眸，还在
细细沸腾。远处的城市，
折叠在裤兜里；所有夜晚，
它都会邀请你来参加庆功酒会；
和你通话的植物，每天，

其人性,都有数次开花的跃升。
我们把这一切看在眼里。
当一种我们未曾得见的喜悦,
斟满你,好奇野蛮年代
肉体竟有莫名苦痛,它那
可以解除任何莫名的宽阔的精准,
将有一丝雾气的不解:
黑暗过往成为深海压舱石,
某种新颖的孤独,汹涌,透明。

我们一起讲的故事:
(在你听觉的藤蔓上摘下一颗葡萄,甜)
(星空的隧道我们共同经历)
(月光照方舟上的一粒芝麻,散发神秘香气)

2019 年 7 月 20 日

素　描

她回来了，蓬勃的
圣意如星火夹在双腿之间。

所有怀疑过她的人，
便不再怀疑。
一些谨慎至胆小的人，
吸溜着葱油面条，
就像许愿样，把世界稀释掉。

她真把一颗绿蚕豆放桌上了？

墙上银质蚀刻地图，
画师已改动不了：那些
深哭，那些手指有点儿凄凉的笑……

2019 年 7 月 21 日

停　顿

久不动笔，只为看，觑近看。

写作会唤来一个我们在其中魂飞魄散的世界。
高压线，似乎一直知道这点。

还知道，这一切，将被写进一本
边缘微卷的笔记簿——
潜艇在水下调情，笔触，因新鲜而冒犯。

有一天，我会代"你"戳穿这还魂的真实，
复述黑暗视力凝成的半截石碑：

窗外，云杉挺立着寂静，画眉，在树梢漏电。

但不是今天。不是！
今天大暑，远波与近浪，穿上了薄羽凉衫。

2019 年 7 月 23 日 大暑

杰 克

鬼点子杰克,开膛手杰克,
捕鲸船长杰克,电锯狂人杰克,
以伦敦大笨钟为中心
方圆 50 公里的驱魔人杰克——

如此伦敦,没人称之为杰克·伦敦。

"教堂里只应该放风琴。"
路德维希·维特根斯坦说:
"亵渎神灵!一架钢琴和十字架。"

2019 年 7 月 31 日

游　泳

在众多我无法掌控而又颇有
此世情怀的"我"之中,
有一个,有点特殊,擅长自我
批评,进而发展为自我
羞辱。昨天,我从游泳池
上岸,肩背上沾着一层水珠
——那众人隐秘的泳伴,
晨昏入水,其丝丝磁化的
暗恋(任何一个滑过身侧
的少女),缓缓凝成淡绿水珠,
沾我鱼鳍上。池畔喧声,
撩开晦涩的人形蓝图,那个
我醒来,对我一阵审视,
一阵控诉:"此世如此峻急,
你,竟安然于借助浮力的游泳?"
对此,我确实也有点儿羞愧,
只能呆呆望着他晚霞里
熬出丝丝血红的眼珠:
　"你把我嚼碎,吞了吧……"
　"我可怜的储备,似乎还不能
将眼前魔幻有效地应付。"

吞吞吐吐回答他时，脚步
已将我们带离游泳池百米远了，
黄昏的铁钩，抓住一切可抓
的事物。而晚上，在梦里，
他真的就把我吞了，以一种寻求
共振而不可得的姿势，在
神经丛荡漾的爆炸、自噬中，
狠狠地吞我，吞下根根水的骨头。

2019 年 7 月 31 日

自 辩

梦中幽缓的景深提醒我们：
人，常把别样事物的展开，误认
为着意之恶，或者善。其实，
它们并不想正眼瞧我们，
只是把自己清水或麝香的皱褶
打开。只是，就这样子了。
人对自己的误解，可能更深，
比如，把行为和书信，尽量
解释成江河翻涌，或者，
足够多展开的物性——群星
的冷焰环绕我们，当你在某种
隐秘捶打中锋利修薄的自己，
每次敲击，可赠予他物的，
除了恶，那善意，热得像一根针。

2019 年 9 月 11 日

中　秋

"巨松垂盖，华严苍郁"
今天，我明白了那个世界的
物种、语气，以及象形，
都是对这羞愧尘世的确实否定。

这里，确实难以"确实"。
神父，与各组织，世界各处
竖起坚固围栏，却依然
无法阻止那绿雾的渗透、挺进。

那世界被称作死亡。有人
以为它与我们平行，甚至奢望
它偶尔使用我们的词语：
标记于猴子额头的赭黄石粉——

或者用脏污的沙土围住一汪
碧水，围成圆月的雏形。
那老人被单下呼吸枯竭的声息，
诸事歇，被单渐趋奇异稳定。

误解它是因为它确实没"有"，

但无比结实。没见过更
结实的了!这个尘世,只是
它一次偶然地溢出,和暗自忘情。

2019 年 9 月 13 日

保持新鲜

那颗来自无名山体的绿松石，
你看一眼，就伤心一天。
找不出原因，身边没人去过
那里；一个时代，处处泄露危情。
类似电流曳出艰涩开裂的领域，
又不是电。我们，依然有些
咸涩。干脆，把绿松石沉入湖底；
一只饥饿的白羊，消失于
栅栏；一种远，吸干了纸上的墨点。

对于那些不属于此世但不知
为何却留下了阴影的物件，
比如，死亡中时间的诸般花样，
要理解来源，几乎不可能；
想描绘其阴影中花冠的内在进展，
一如描绘震颤在枯木里漾起
的波光，也完全没胜算——对于
它的神秘胃口，我们唯一能
做的，也许，是保持肉体的新鲜……

2019 年 9 月 17 日

天文学

巨鲸凌空。你钟表一样坚持
嘀嗒活着,收拾好心情,
走好远曲折山路,花好几天时光,
为弟子解释实数系的连续性。

这一次,你从时间停止的山洞
闪出。旋涡。克制的寂静。

圆月一直照着,不舍昼夜。
你我分食一瓣瓣小而酸甜的冰橙。
总有一天,你会明白物质的
潮水极其无辜:人的意志,
秘术之舌根,涌动着嫩枝、秘辛。

2019 年 9 月 19 日

一 瞥

一部旷野纪录片里，看到的场景：

他，暴力的眉毛、虬曲戟张的胡须，
一副怎么着也屌炸了的样子，
一副决不好惹的样子。当小妹
从镜头中心，迟疑着把头顺着
他小腹往下滑时，他眼中，突然
腾起一团雾气。急急拉起她，
明显强忍着什么，水光战栗里，
如此迫切地，想要去捉住她的嘴唇——

天底下最无辜的镜头：最柔软的亲吻！

2019 年 10 月 26 日

白 话

写诗 30 年,还真见过诗受欢迎
是个啥样子。稍稍严谨点儿,
诗的枯荣、蚩妍,和悬铃木相比,
相似处再多,也不能混为一谈。
"下雨啦,开花、开花呀……"
而人呢,需要更多小浇灌,
方能瞬间如其所是地心花荡漾;
进而看,为其梳头、引流的,
仰持于时代蜂鸣的荆冠,哪怕你
只是想枯萎得略微有些尊严。
这个事,比白还要更白一点儿——
好吧,人很难弄清切身的神秘的,
那些肉肉诗、香香诗,或者
苦情诗、怒汉诗……请粉墨登场,
我写下的,或许会难为情地少一点儿。
愿你和你怠慢的人,皆得偿所愿!

2019 年 11 月 1 日

过 往

年过半百,已数年。我是否敢冒险
将风中过往称为一个个"实体"?

它们已然逝去,错综的呼吸弥散
于周遭万物叶鞘里,形影归于无形。

有时是真溶解,一块橘红色冰块,
化于街头喧嚣的波纹。波纹仿佛新的。

有时,它是梦境中和我分享同一张
脸的访客,或者暴怒莫名的雄狮,

直直撞开我胸口,如同一座山,
直直撞开了木门,在我胸口的你的门。

似乎唯有消逝之物才能"此在"?
似乎裂隙之处,你可窥见虚空的碧绿

之芯——不愿和未来停止交谈的,
是不可能现身的新无名吧,暗地开花,

此刻蹲在我关于过往的小念头里。
你身体的白羽毛更为蓬松,由它构成。

2019 年 11 月 8 日

时　赋

小川微涌,大河萧索。

木气混合拆散的册页翻卷,击碎
溯古者青霜攒成的镜片时,
我的一身解脱,比剔骨更为
细腻,比剔骨之刃更为隐蔽无形。

昨夜梦见的异象,将梦境持续
至白日,簌簌如抵额鹿唇——

与远在异域的女儿通微信电话,
叮咛间杂秋咳:她已在国外
辗转多年了。因为这时代,
她比我放弃更多,甚至比多还过分。

语音中金盏菊伸手,抚触我雪鬓。

2019 年 11 月 10 日

有限者

"有限者"的棕榈,舌颤瞬间,
从浪花淡金的眼影绽出——
远方碧水上汽轮拖曳着礁石的长元音,
但没人知道这海,究竟在哪里
——你身背羽毛球拍,汗湿的
白短衫,皮肤如薄薄沙器,
记录着最后一击中羽毛内旋的下沉。
时光,总有尽时,我摸黑回到
小区,伊卡洛斯冒险出发的地方,
手臂上淡蓝静脉熠熠生辉……
打开家门,物品安好,似乎没人:
"你藏在哪儿呢?你……"
好像,好像喊了许多声,当
我就快烧焦之时,滚花窗帘后面,
折光闪了一下,裹着人形,
排排密实的金棕榈如浪吹开,你
欢叫着蹦跳出来:一头橘鸟,玲珑心。

2019 年 7 月 29 日

简　记

昨天上午，西江河畔，我看见
牵牛花（白，粉，红，淡紫，深紫），
以及红色木兰、黄色赤小豆，
看见黑心金光菊、黄金菊、水红镶金的
天人菊、波斯菊（黄，粉，红，白），
还有鬼针草微白，芙蓉花苞淡绿——

今晚，在自己家里吃虾。晚餐的
一部分。发现虾壳与肉紧紧
粘一起，比以前难剥多了："可能
稍稍煮得久了些。还有，今天的虾是
白虾，以前吃的，多是红虾……"
努力剥着，妻子有些惋惜地自言自语。

煮死后，虾还在努力不再死去。
"红虾白虾，壳里抱紧的肉，都是白的。
雪白。美味。"想起一座缥缈墨山，
梦中出现过一次，便不再出现；
而膝盖上，绿藤开出了星流的喇叭花，
每次加速，你都猛将头右转过去——

身体撑一张弓，储满圆月沸腾的钙质！

2019 年 10 月 3 日

断　点

格物是件颇为奇异的事情。
不久前，我们，还一起探寻过
人形拓扑的私密险境，而一对猛兽——

借了丝绒天幕熔开的洞口之光。

细读每根弧线热力的本草经，
吞咽细胞炸裂的星云……
但此刻，我写诗，几乎忘记你的名字：

只为每次相见的清冽，不完整。

2019 年

向自我致歉

刚才,阳台盆栽紫藤的花钵里面,
看见几只黑蚂蚁,束腰松土。

现在,我已坐在书房木桌前藤椅上,
挤走约一米见方的空白、微凉。

事物,或许是悄悄聚散的薄雾,
当我们梦醒,从镜子,望向对方——

坐在这里,我是涡旋着的混沌,
方才此处的人形空白,已消失形状。

代替它的,是满秋波斯菊的肺,
是在神秘友谊中翕张出青花的肝脏……

严格讲,人只是一个偶然入侵者,
继承了精确线条。当我散文般起身

离去,去旷野,去厨房,去几百米远
的地铁入口,那被我挤走的空白,

会瞬间恢复寂静得发苦的透明
形状,仿佛水面,一种神迹的弥合——

改变悄悄发生,我们真就如此
相互塑形,成为被充溢又被驱逐的

物什,裂开了几乎"没有"的花样。
昨晚,轻握你在出租车里沉默:

一座矿山,花瓣内旋吮吸的光,
挤走时间,嗡鸣着看不见形状的油箱。

2019 年 10 月 5 日

土　豆

口述美丽的事情，等同于把它
缝制进你小麦色肌肤的波浪、弹性。

城区快捷酒店的凶杀案，一地
碎裂纸片。消息是绯色的。

心存爱意但被沥青烫伤了足踝的人，
夜里会飞成雨丝，散开白罂粟。

无论如何，我还是想在你身上挖
热乎乎的土豆，用乡音的鹤嘴锄，

或者，变身侦探和凶手合体的雪人，
晨光一照，就是一摊奶色水渍。

"不要轻易把粮食留给低端收支，
一如不要轻易松开可能性——"

说不定爱神就是濡泥的土豆抖动：
两颗篮球般大，两颗椰子形，

十颗并蒂的小乒乓,新鲜着你
跨过警戒线,赤足将我,踩成泥腥。

2019 年 10 月 14 日

检 修

这两台机车,都出了点儿问题,
可能出问题的地方不一样。
如此看来,我们需要在海风中
停一停,停在海滨大道旁,
检修一遍似乎还在每个部位里
喘粗气的小词语、小零件。
不锈钢螺帽,黑色硬橡胶
裹紧的黄铜丝线,一块镌刻
细密电路的单硅晶片……重要的,
我们都需要千斤顶,把躯体
抬得更高一点儿,需要深入
明白:世界,是一种在黑暗中
强烈的液体。一旦油箱开裂,
它的前景就会挥发完。相信我吧,
当我们抬眼镶金边的海浪,
鳗鱼会在紧裹的爆炸中滑入,
轴承的神秘曲率,弓着腰在你
倒向海岸沙滩的瞬间醒来:
远方晚霞,此刻正"嘭"的
一声,拔出了漂流瓶的瓶塞——
海鸥飞。一瓶加速的酒,烈而甜。

2019 年 10 月 17 日

赤　壁

"确实，她体毛稀疏像一只海豚，
你浓密成簇，如同金盏菊……"

我们，不能没完没了地讨论一个
素食主义者该如何诵读萨福的诗句，
微风中，星形耳坠适合出汗，
恍若枝条中刚刚捂暖、剥出的水玉。

"如果爱了，垂死者的瞳孔也会
伸出绿枝，情形近乎于你窥见
至福，如同麋鹿饮雪写下了一首诗。"

文学中的姊妹，有种诡异之甜，
我梦见一个少年，鬓角长出
火刺，完美模仿了你可能的样子：
"从人世之冷，到虚空卷浪的星隙。"

一张空白宣纸上，"它"跳海。
我们依然手扣手，在滚烫沉默的赤壁。

2019 年 10 月 19 日

结　缔

在鲜红中丝缕桃红几乎不可能，
而在浅粉中，高倍显微镜，
盯住了微细湍流缝合的细胞膜的
瘀血，却不是啥子奇怪的事——

我们的困境与此有些相似。不管
是否量子纠缠，精纯太阳狮，
都曾寻觅过青枝扑窗：滴着水，
群鸟分蘗成器，缓缓完成虚空构型。

山间蜿蜒小径，记录在分布式
记账方式里，天空是倒悬的
镜头，即使它不愿意。清晨，
我亲吻你圆额头，吮吸旋涡的热力。

我的言行无疑拉低了你化身彩虹
的可能性。阳台上，你和牵着
手的湖岸一起抽白色的 BLACK EIGHT，
肤亮又爱波动，我听见引擎嗡鸣。

2019 年 10 月 28 日

后命名：信使

她家养的金毛，叫"成吉思汗"。
"玛丽亚，玛丽亚，快过来……"
道旁漂亮牧羊犬，常被半蹲着轻唤。

我们，有很多烦心事要解决。
不知道物我哪个更慈悲，或更凶悍。

冰薄之月，余温镀亮水池中单株
小鱼苗的鳍线；耳山侧卧的
静脉来自恒星，喷涌嘶嘶爆仓的狼烟……

2020 年 1 月 13 日

对口型

一口井坐了下来,想看看自性
沿着幽凉究竟能下垂多深;

两口井拉了手,绳结扼住沙漏,
头顶一大片星河的橘红穗带,
颤动胸口的两颗乳头——

你的起伏,除开物性伟大的起伏,
更有死亡激起了人之泪吼!

常识是:"我"来命名第三口井,
模仿地狱螺旋下沉的外形——
我不在,别和镜子进行无谓的争斗。

2020 年 3 月 3 日

近于集句

> 你把我放在确定与不确定之间，
> 用于偿还看不见的债务。
> ——象年《缺口》

"两只麻雀不是卖一分银子吗？"

间辽之痹，喧花杂树……你的它，
是否可在这喉咙的切口处，
向内，弹奏一段愈合黑暗的接骨木？

灰烬的瀑布，滚落气道旋梯。

近于集句的漫游，如果缺少水的
玎玪，就像观星者蒙着头——

出与入。音素中植入脑机接口。

瞧瞧那妙人、憨僧！韵脚晶体上
映出半只手：潜泳于面容，
饥饿着抓挠，但又瞬间无踪地游走！

"枯枝沙上写字。烈火烹煎石头。"

2020 年 5 月 14 日

(此诗可按节倒读,即按第 7、6、5、4、3、2、1 节的先后顺序读)

注:所引句、义出自《马太福音》、嵇康《琴赋》和谢默斯·希尼《格劳巴勒男子》。

厨　神

> 出神者如何内卷山水的方法论？
> 一条芦荟，一次小渎神。
> ——象年《天府高压配电箱》

很久了，逻辑的体重，只配
在晨昏饮食案板上跳动；
火燃着，微小之故事是一粒细盐，
品尝到斜刺入锅的水瀑舌头——
脉管微细者，不止一些活物。
从大众所需，到需要大众，
水舌头也是牛舌头，马舌头，
咬着铁钉自噬诅咒的舌头……
说实话，一个威势至皎洁的动作，
可逆转满屋子淡褐的毒雾？
一些树的噩运，能靠振腕翻覆，
减缓热锅烤煳嫩芽的节奏？
报警器，在头顶呜呜呜怪响，
随身携带的泉眼也是火湖，
生向更多的生，可以学会许多，
几乎就信了，却须重新捉刀：

天鹅星座,依旧悬挂高处,
你有回环苦我有炭渣冒烟的浓度。

2020 年 5 月 19 日

绽 芽

> 先是纸上笔触,
> 接着是墨汁尚未滴落,
> 然后,悬空之手。
> ——象年《未曾越界》

要想活得有滋味,
最好对流水有点儿定夺,
但又不去说破——
(小范围)疫情数字
已清零?尽量不去
街面堂食,望风。
夜色,吞自制火锅。

夜深我还在读书,
夜深,我渐渐
迁就了度量衡的浓度,
瞌睡的浓度。
随手摁熄左首台灯,
起身,书桌上,
摊开一本绿脊之书。

你真忽略了什么。
今晨起,见书页上
字句宛然,微微刺目:
"仿佛他被浇灌了
焦油,他躺在
一个泥炭枕头上
似乎在缓缓淌着

他自己的黑色河流。"

2020 年 5 月 20 日

注:所引来自谢默斯·希尼《格劳巴勒男子》,黄灿然译。

纪　事

> 瞳仁黝黑或者别色。
> 影子,既虚又实。
> 一个责任:我们
> 和消逝之物,相互构成。
> 　　　　　——象年《白噪声》

四个多月没进去的校园,
银杏、水杉叶片成群,
让校园各建筑之间,飘浮着
一层层墨绿色的云团,
间杂接近于麻醉的波纹。
我可能比以前走得快些,
以避免某种恍惚,或一种
类似湿黑羽毛的陌生。
图书馆前面小广场上,
遇到一年前教过的外省小伙,
戴着口罩,把同样戴着
口罩的我认了出来,聊起
一些事情。"这次大疫,
是否真改变了事物的某些

结构或逻辑呢？有点儿纳闷，
但又说不太清楚……"
"那一晚，睡觉前洗漱，
发现镜子里的我，那个永远
和我保持同步对称的人，
似乎停了下来：我举起手，
他却没有任何反应。"
"是不是瞌睡眼花了哦？"
"不是的，后来好几次和这
类似。眼眶明明干的，
那镜中影像，却从中涌出
尖锐、浑浊的白棋子，
或者，一块块怒放的菜花地。"
"肯定是眼花了，小韩。"
"不可能。虽然没给别人
说过这，怕被认成疯子。
但我肯定没有所谓的心瘾。
我知道我和你一样结结实实。"

2020 年 5 月 27 日

旦复旦兮

要想在夏日枝头邀喜鹊来试音,
真得把湖面拉得更近一些;
混时辰,得用"我"能吞下的奖品。

有些事件,具有废止疑惑的
强蛮性。婴儿出生时,母亲身体
从内部撕裂;吸出第一口奶,
必让母亲乳头痛得比针刺还要钻心。

当眼前有雾,请默想这命运。
生命的赓续,需要从枝头
跳下,裹一身绿火药,炸开不可能。

鸟瞳装下了天域之蓝的欺骗性,
夜色不会上当,如果它真是
万千哭喊中最直接、本能的那一个!
世上站成摇曳枯枝的,是"我们"。

2020 年 6 月 6 日

相　接

　　　故址涌新泥，相接渺且急

一

小时候个子矮，却有几年
自我感觉呼呼往上蹿——
裤子没破但已遮不住腿肚子了，
母亲没发愁，接上一长截
别的碎布，让我继续穿。
好几年都是这种状态。
记得那条接了大花布的裤子，
突兀得很，让人哂笑连连。

母亲会脸红，但并不生气，
实际上有点儿窃喜：一个男孩，
穿着大腿灰白小腿鲜艳的
裤子飞奔。"暮色下沉，
鲫鱼吐泡，水光沿山脊上升，
总得有点儿什么穿云而出……"
"小豹子。花腿花脚水泵。
风速。别人不认识的神秘生物。"

二
记得甜而缥缈的雾。天福村。
"田边一座敞篷下,堆放着两副
硕大的竹铠甲,形似一对
巨型铁笼。这是神明身体的一部分。"

德里克·沃尔科特如此说道。

三
有幸在母亲目光中长大成人,
并把一些铁质长进身躯,
连同流水的鸟鸣——
四年前的一天,母亲,
在我轻搂着的怀抱中走得安静。

我一直在学习如何与别样的雾斗争,
裤腿接上的露珠何止千里滚滚。

比如这里,疫年让哲学慌乱
竟张不开嘴。我,仍然
为人的渺小而脸红得倾心。

刺鼻之黑色狼烟,依次经历,
但决不放弃舌根醒来的汹涌弹性。

2020年6月16日

牛皮凉鞋帖

夏季,我称脚上牛皮凉鞋为
无须先生。晨昏动不动
就去拍打它,撩拨葱茏的声音。

嗤嗤。噗噗。噼啪。

鞋底叫"无",平实宽裕,
两厘米厚度,稳稳托起一个人;
几条可裹住脚背或揽住
后跟的牛皮系带,交错中
环扣,无妨称之为先生"须"。

下雨了,屋檐下好青年,
一抬脚就有某种泥泞的精确性。

无须先生天生无天性。
无须先生裸装出门。
无须先生把外面逛得酸涩的
泥腿拽回,并将之
推进恍惚中发白的家门。

踩哪儿,哪儿就是夏日道路。
精确性,无须借助人脑中
那一层层薄如蝉翼的生电反应。

你在人世,当然知晓
另一种精确性——
三十年前夏天,海湾战争,
一枚精准制导的导弹,
已能穿过针眼一样
准确钻入前一枚炸出的弹坑。

轰隆。乒乒。乓乓。

眼眶发热,心岸生冰。
作为人,我很难和无须先生
沟通得平等。昨晚,
它托我去哞哞叫的月色中散步,
今晨出门时,感觉自己
一条腿不见了,还看见
鞋底,残留着草汁的绿色湿痕。

2020 年 8 月 2 日

暗 室

一间暗室。夜色在其中冲洗,
冲洗白日底片上种种形貌、声音。

我们那小秘密,曾存放树洞中。
山后树木中不起眼的一棵。

薄雾,与轻蓝闪烁,环绕它,
连带影子微温,似乎有丝丝惬意。

你沉眠。冲洗出的全息照片,
折叠着,湖光弯曲进身体里。

身体站起来行走是一棵树行走,
蜷缩着,就是树洞规划着人形。

终究认不出这棵树究竟是哪棵,
某物顺手摸一把脸,将你瞳孔

变得漆黑、幽深。本周高校
开学,父母送来眼神漏光的新生。

疫年铁规将父母挡在校门外,
门口各色临别,孩子孤身飞进去。

大约两千年前,托马斯把手指探进
你身体的伤口,搅动一个怀疑。

正如鲁莽的熊瞎子,爪子探进
树洞蜂巢,期望能捞出块状野蜜。

2020 年 9 月 11 日

滴水观音

单元口台阶右侧的湿土里，
耸立好几株滴水观音。
宽大、厚绿的叶片，每一株
都比人高出几许。每一天，
这个单元口都会拥出
不同的人。有的，前去我
不知悉的场所贡献点滴
价值；有的，则如一个气泡，
碎裂在职场和交际的
海洋里。我们都知道，它
也叫海芋。无论啥季节，
只要天足够潮湿，其叶尖
和侧沿，就会滑落微沉的
水滴，像顺着被遗忘者的
弯脊柱，拉长一个个世纪。
脚追脚之光影拍打这台阶，
有时候，我都不忍看船形
佛焰苞基部绽裂，一颗颗
极红亮的果实籽粒，紧密
排列在直立起的棒子上面，
鼓凸着，赋形无论怎样被

轻视都要径直热烈的色情:
每颗籽粒半球形弧面顶端,
微孔喷出一截抛物线黑丝
——更多的时候,人们
在这个奇观年代布置的各色
微小场景中,并不知道
一动一静具体有什么意义,
不停划桨又有什么意义;
但每当想起滴水观音
这个词,你都会意识到:
抵达之前,人所交出的东西,
浑浊,却值得昼夜赋形;
我们,在经纬穿行中低下头,
思虑中微微发烫的小星球
—— 一种沉吟慈悲、隐秘,
正顺了你叶尖,滑落滚烫水滴。

2020 年 9 月 12 日

一片浪

舌尖上一片浪,只是
增加了我们言说世界的连贯性。
张口断言这,闭口判定那,
或者悄悄私语,濡湿
小笔仙胸口月牙状萤石的红晕
——这一切,可检验的,
似乎都将以你为大,但世界,
并没有真正费神去理睬你。
你言语,可能为世界的
副本增加了一口池塘,为
塘边芦苇唤来成吨的青色鱼鳞。
抱着你,也抱在微澜中,
暮色,诵读着一部凶猛伪经
——你为副本增加的东西,
是你回头看时觉得熟悉的山水,
是你认得"世界"的原因
——夜色合围的时候,
比想象精密的是时间齿轮:
影子同一于身躯,副本折叠
为世界梦境中发芽的部分。
此刻,世界后退一米黑,

此刻，记得死者，像记得我们。

要有光！如是。我闻。
此世之"否"真实吗？是的，绝对真。

2020 年 9 月 17 日

秋　分

咔哒一声，我们出门时拉上
铁质防盗门。铁锈不见了。
刷上一层轻绿漆，便有好看的新。

靠肉质双腿摆动，掩盖了
漏水的我们，下潜到
地铁站。安检时射线扫过四肢，
怕它新鲜松木一般爆炸。
包袱，刚刚脱离我们的身体。

迅速捡回。弯腰向即刻出发
的地下诸物致敬。电力
驱动的黑鳗有上千个气性小轮子，
尾翼是白沫？我们看不见的。

就此废黜"自我"的蛛丝？
瞳孔塞满晶盐的读书人，总想
找出冥河的比喻性证据。
他吸收了它，包括扩音器报出
新地名，包括机器里真人的声音。

我们戴口罩,你,也没有
复述昨晚星星鸟在屋顶蹑足采蜜,
似乎我永远都不会忘记她。
旁边座位上打喷嚏的老人,震动

腔体细绒毛,像挥舞秋日响水
小旗帜。万盛,凤溪河,南熏大道
……一个个换气、扭动的名字,
在地下,我们得一次次记忆。

咔哒一声,地铁车厢门关上,
肉质双腿悬垂中坚持摆动的属性。
再往下,某些构造过于野蛮、冰冷。

2020 年 9 月 20 日

栾　树

水晶烟灰缸手边炸裂的时候，
想起金合欢树这个词。
事实是：昨夜微光匍匐中看见栾树，
仿佛异星之沙一点点袒露……

道侧，它"存在"的螺旋形气柱
循茎干往高处攀爬。那时，
我和妻子正在小区围墙内沿环线跑步。
慢跑——为可能残存的健康，
一对中年夫妻，每晚，以蜗牛湿亮
曳迹奇数倍的速度，月下跑步。

"我们是不是踩在流沙上？它
海水样从脚下抽走……"
"看，看，那是些啥子树？路左边。"
一排树。很高。月下分不清花叶。
团团虹云纠缠于炸裂月绿。
继续跑，身体热枝，移动沙沙花束。

"活下去！夜魔交给蜗牛慢镜头。"

今日早起。水晶烟灰缸,在我
往其中掸烟灰时炸裂——
晨雾散开。我查了查人世累积的光影
记录:昨晚遇见的树,人称栾树。

2020 年 9 月 24 日

魔　力

古典文学有一种奇怪的魔力。

A，一个少年天才，十三岁，
被遴选进了古典文学
国家集贤院。第二年，集贤院
来了一位少年女天才 B。
二位话锋皆犀利，为人颇直率，
枯山，飞起两枝翠绿梢尖。

几年后，更出类拔萃的事
比雀鸟啄食还要自然。
A 与 B 结婚了。集贤院诸夫子，
祝婚词是一篇谐波宏文：
《论铸鼎技艺之色谱与弦圆》

很快，他们生子如红泥，
取名玄关。A 和 B 事业发展得
都很好，话锋，依然犀利，
甚至能在隐语中，建起
另一座朴素、宽袍大袖的集贤院。

悲剧还是发生了。七年后，
他们犀利的话锋，用于离婚吵架。
两个泼皮街头扭作一团。
一张湿床单，导致了 A 肺炎；
一把镰刀，悬卧室门楣上方，
随时有掉在 B 脖子上的鲜艳危险。

大小诸贤劝解都没用。洪水
退去，法庭来裁决吧。
玄关此刻在形而上道路上走得
很远了。开庭前一天，那位
素有讽刺大师之称的法官，
却被一头骡子，踢碎了整个的脸。

别不信，这份古典文学的奇旋。

2020 年 10 月 4 日

注：本文改编自罗伯特·洛威尔基于事实的散文。

流形上的微分：望月

秋日，稀薄的甜分回旋舌上，
我在书房打开一本书准备读下去。
你探进头来：今天，想吃啥？

仅就技巧而言，词晕与月亮，
恰好呈现了各自吹拂的虚凝部分。
地球上，好奇心用碎银子，
买下了可流动、变焦的望远镜：

你能"想象一颗弹子球，也许
从自己的圆满、光滑、流畅，
以及迅捷的旋动中，感受到欢愉"。

了不起！映入他物，并波纹般
扩展他物身体，全然腾空
舌根。一个嵯峨谜团就是：
如何靠消弭自己成为饱满的自身？

看来隐月模拟了那团舌尖的谜，
因而有光。细亮血丝拢住
悬崖，重塑着我们就此倾身的部分。

在地球上啥时候断言我是你
都有危险。落袋声中移身小厨房,
你正在为此刻烹制南瓜汽水,
南瓜曾经淡绿,汽水是乳白色的。

2020 年 10 月 5 日

注:第二诗节所引为理查德·伍德豪斯记下的济慈的话。末节中的南瓜汽水,是重庆云阳一带的地方美食。制作方法是:选择小而乖的嫩南瓜,旋掉盖子,掏空,填入调制好的生肉末,盖上南瓜盖,上笼蒸熟。

诗　韵

出门会友，途中，满脑子
卢克莱修强悍的、罗宾汉式的韵律。
园林"环视"中有类星礁石，
这让落霞溪水，旋出苦涩的流利。

"是什么？动太阳而移群星。"
如此译文，每次都经历数个版本，
包括，指甲盖上残留花泥，
一点点重获，笔尖湿润的传递。

其实，我相当不喜此地中产趣味，
那些脆弱得蜃楼扑街的恐惧。
按理，每首诗都只是跋涉途中的驿站，
此刻，却只能当成最后一首来写。

2020 年 10 月 6 日

以人之名

以"炸弹"之名,称呼强劲的
密码破译机。"猥亵男童"?
你没反击,没想到对之破译。
仇恨的恩尼格码,一种精深设计,
至少有一亿种加密组合方式——

实际上,你一直花粉过敏,
在孤独的环形星轨上细细沸腾,
血液中,抑制不住的炭火、
事故,是那永远活着的
如同春花炸裂开的克里斯托弗;

暗流。"我没有时间了","我
没有时间了"……为了
"真理"之美,即使政见趋同,
我,与职业军人,也必得
有一场上帝眼中关乎尊严的决斗!

茹素的肺部,泅开散装黑洞,
你欣慰于从没背弃家族的守护神:
"我的女神,流淌着数学。"

娶回妻子时，她才九岁妙龄，
你，闪电蜗牛角上的一个婆罗门。

"我们要多努力，才能把自己
活成生命常态。""我孤独到
必须发声，又孤独到随时有可能
无法发声。"此时此地，暗黑
地心一阵哽咽。你，"人"之翘楚！

2020 年 10 月 10 日

注：诗中各节，语涉几位绝世天才：艾伦·麦席森·图灵、埃瓦里斯特·伽罗华、斯里尼瓦瑟·拉马努金。

"哔"一声

"哔"一声,手机微信消息:
"开会坐了一天,蠢哭了。"
一行字,一个小学看《红楼梦》
看得习惯性偏脑壳的妙人,
此刻,被另一时代性规训。
站起身,取出冰箱里那瓶酸奶。
清晨放进去时,临时叫它
唐·吉诃德。现在,又想叫它
雪意的五点钟。真的是
又甜又冰,舌面上铺开薄薄一层。
望着窗外,疫情暂时平缓,
空气中升起透明、干燥的盐柱;
再往上望,絮云中花火的
眼睛正撕扯着什么,像在田野
舌根处翻找螟蛉。我想,
每一个人,嘴里都含了口水,
从小到大,我们学着这样,
含着这世界,如含一个小小幼神。

2020年10月10日

细　物

又到了秋风掠过露台
体感沁凉之时。
农贸市场上，花鲢正被利刃
熟练地剔刮白鳞，
噼啪之声，微裂……
易货者，
搓手时涌起一波残忍窃喜。

除了那些容易想到的，
就是更容易想到的：全是
关于绿火花女人。
生活，灰乎乎的议事厅，
大象一直在长长鼻子，
春韭也曾如此，
从一季到另一季，昼夜不停。

想拿掉喉管里的小小
消音器，已不可能了。
螺丝与螺帽咬紧，
描述了你和时代之冷的关系——
葱、姜、蒜，点缀好

波浪状鱼盘,还是平素
端上桌那样,热气腾腾。

2020 年 10 月 16 日

权　且

细水如幻锥刺探灰烬的喉咙，
直耳听哭一偏微分方程。

再歪、再不济的时代，
都不会只是发生些糟糕之事。

银杏叶就要金黄了，你看，
数不清的银杏叶，就要金黄了！

权且做一回云臀涌电的白棋子？
窃以为：孤秋，会给你确证。

2020 年 10 月 20 日

隐小胖

这几日秋风，明显有些割人。
校医院。年度例行体检。
两手握住新玩意儿，双臂向前平伸，
大拇指肚，贴着感应器……
一串数据、符号闪现液晶屏。
这仪器，形似游戏机操作手柄。
医生凑近看了看，转头瞅
我，有点儿不相信："你看着
真比较瘦哒嘛，咋会这样呢？"
我忙凑近屏幕。右上角，
几个极小的亮字——"隐蔽性肥胖"。
呵呵，这是说我的真实重量，
还有包裹"我"的肥膘，
明显超过视觉中我该有的水平吗？
或者说，有个胖子，隐藏
在我身上，让一个人是两个人？
甚至于，那些微暗的蜂巢、
血清，本是该隐藏起来的部分？
又或者，只有在特殊测绘中，
我才摸得着白羊绒样胖胖的兄弟？
我和医生，再核实了一遍。

仪器身体，相互核实一遍。
黄昏，我把这事告诉了下班
归家的夫人。她哈哈大笑，
一边拉开冰箱，拿蔬菜准备晚餐，
一边给我取个诨名：隐小胖。
还说：若闹饥荒，你应该比
别人看上去熬得更久，是好事儿。
嗯嗯，这事于凉秋，值得记上一笔。

            2020 年 10 月 23 日

伪童诗（组诗 10 首）

> 别的诗人可能闷闷不乐，
> 平淡无奇、舌头打结地坐在那里。
>
> ——罗伯特·洛威尔

童诗拾遗
大象甩鼻嗡声问："管理一个公司，
和给星星开会，哪个更有趣？"

小猪吧唧吧唧拱食，不肯抬头：
"一样的，一样的……"
小朋友忽闪着大眼睛："星星，星星！"

小狐狸之忧伤，一会儿肉色，
一会儿翠绿。它不想回答这问题。

2020 年 10 月 25 日

童诗别册
童诗，按约定总得有点儿可爱。
男孩长面包香长长弯角，

女孩,清水中洗过的彩虹模样——

我们,在溪边一起蹲下来,
看水草根旁细密、晶亮的蛙卵时,
就不抽象了。更何况越过你
小小肩头,阳光入水,
它涌动的手掌,贴着蛙卵,
像捧起针尖密集的跳动、膨胀。

孩子们和你我都不可能永远
抽象。小锡兵,小土獾,
小弹弓的弧度……一起钻被窝吧,
水会画梦。水,是梦的血。
梦中的鹅卵石青蛙一样叫,
女孩的早餐,爸爸煮嫩白豆浆。

另一首童诗,另外一首吧。
夜的迷惑,硬币一样,储存在
逐渐长大的身体里。直到
有一天,我们学会了技艺:
那流水般钉入世界的炸裂、欢畅。

2020 年 10 月 30 日

童诗日历

兔兔在一根孤零零青草旁,
不知怎么下嘴——
她天生小习惯是一吃就吃个满嘴。
兔兔舌头细腻,却没那么细。

清晨爸爸用电瓶车载兔兔
上学。贴紧爸爸后背,
那里一团将熄的炭火暂时未熄。

兔兔听到里面一池寒潭
晃荡的声音、努力冒泡的咕咕声。

动物园义务教育功力真深厚,
屋顶覆满纯白貂皮。
兔兔的好同学有:小鼹鼠,
小水蛇,小秃鹫,小猫咪……

"有教无类,勇猛精进"
校训在作息表上,笔画状如荆棘。

班主任,丛林围猎学特级教师,
享用好几种专家津贴,
实际上更精于逃逸——
午餐时间,一根孤零零的

青草坐餐盘上，兔兔，无从下嘴。

肚子咕咕叫的兔兔，放学后
没等来橘色蚂蚱电瓶车。
暮色渐合。暮色已忘记是否
吞下了什么，比如兔兔爸爸之类

——暮色舌头细腻，却没那么细。

2020 年 11 月 1 日

童诗云图
雪水沿山坡的一面向土壤里
渗透，另一面，村落的
菌群，阳光抚触下撑起炊烟纱帐。

我们下山时看见的野牛蹄印，
已不在原来的位置。
什么力量移动了。小土狗
埋头学习。尘埃，最安静的微光。

初春道旁，牵牛花必然绽开，
缠湿润篱笆上。小土狗
不太理解：为何花朵喷涌，
恰好就是村里姑娘画出的形状？

入夜,向高处奋勇吹响……
小土狗的神学老师,青瓦屋顶,
此刻额头的横纹亮堂堂:

尘世之所并非毫无来由。
星群,在看似不动中飞速旋动,
远远地,联结成虚空中
永远也望不到边的蜂巢形状。

更多的教育,塑造喉咙。
小土狗朋友千千万,尾巴都是
船桨;大忠贞,与小愤怒,
皆凝成火焰之鞭:"汪,汪汪……"

雪水,沿山坡一面向土壤里
渗透,我们下山时醒悟:
这山,原是梦中耸立起来的月光。

2020 年 11 月 5 日

童诗仿制
鹭鸶的长腿细而又细,
全因为精确的热情
收束着她的身体。不是清瘦,
不是为了探入水田里

螺蛳壳之涡线微缝,
而进化出笔直、尖利的铁丝——

或许,强烈的隐秘修士,
绝不允许随身认识论
赘余,在宽翅星群般扇动时,
从腋下,从气流翻涌
回环中,膨出一丝一分:
所有气泡,必须一一粉碎。

似乎没有任何家禽听过
鹭鸶鸣叫。小鸭的
嘎嘎声,连自己都觉得胖胖的。
圆臀摇摇摆摆呀,
小鸭和小鸭排成一排去
河滩觅食,尤其是温暖的。

摇摆,小圆臀,河风中
贴着乱草黄石模糊贡献的部分,
神秘的人性之诗的部分。
小猫咪,默想鹭鸶之飞
与小鸭合体,沙发上团着,
瞳孔里,亮起幽绿的直立松针。

2020 年 11 月 6 日

童诗选修
树枝颤动,猫头鹰,被一阵
模糊诗意激灵。身子
扭一下醒来?不,白日浮泛,
轻摇适合假寐,不必张嘴轻易换气。

又清又冽的溪水中,熊爸爸
带着两个湿透的宝贝,
刚刚成功地抓到三条细白鳞甲鲜鱼。
熊掌上正剌啦啦扭摆呢;
森林更深处,连骚动都具有
滚石质地,黑浆果果汁,
凉丝丝的,粘满麋鹿好看的嘴唇——

此刻人世,几个边缘诗人
聚会结束。数个小时,
他们,忘了向其中一位诗评家
数月前的好行为表达敬意:
浓雾缭绕的悬崖上,救下一轻生者。
他们散去,其中一斑鬓者,
念及于此,将为此羞愧一阵子。

从聚会中归家的火焰之唇,
将看见包在一团橘雾中的妻子,
正优雅地忘掉一件事:

丈夫的体检报告，今天出炉。
他们曾经语调柔暖地讨论过可能：
上一次报告中的山河疮痍，
少许坏习惯，是否会显示加深——

我们忘掉的参差，氤氲为猫头鹰
白日睡意。熊宝宝哇哇叫，
掌上好闻的鱼腥味，种种痛喜
与水响，正回环成枝头黑浆果的摇曳。

2020 年 11 月 13 日

童诗指纹

"你有松露之变。我有自由，
裸身穿斑点绒厚睡袍，
在自己家地板上，踱来踱去……"

妈妈，带锁日记本上记录着，
小囡囡坐客厅地毯，玩乐高积木。

益智之举，如一滴淡墨汁，
扩散在看不见的水里。
嗡鸣。各几何块体，留囡囡指纹。

囡囡玩积木，时如高人遣兴，

嘟小嘴细细问:"妈妈,
可不可以喊这个小鹿'妈妈'呢?
她冲我眨眼,和你一样好闻。"

橙树下的黑松露,连同地下
粗野的矿石醒来。妈妈
光锥样照见过,那时,她还是少女。

"人成年后指纹就僵了,不再
变化。囡囡指纹是暖的,
即使在积木块上,它还在长,活的。"

2020 年 11 月 13 日

童诗麻竹

在朴素的中华田园犬眼里,
这群边缘人,形迹相当之无谓
而可疑。多么高的兴致!
城乡接合部一片偌大的树林
灰雾里漫游,斑白蛇蜕状
陈旧机耕道上前行。其中
二位,还带了蹦蹦跳跳的小儿女。
只有这俩孩子的神态,对旁侧
不乱嚷的植物来说,才是
好的,值得辨认:空间是嘶嘶

缭绕于枝条的磁性,好奇
小手总爱搅一搅,惊起成人
看不清的波纹。一行人,
靠近已经开始枯黄的麻竹丛:
"瞧,这竹子开花了呢!"
"真是呢,还是第一次看到。"
半轮生的假小穗,紫褐
卵形,形如秋阳大头钉的寂静
钉住的一串蟑螂。这在众人
眼睛中叠音出意外、不适的
裂响。桴与颖从中伸出,毫米
级别的淡黄船桨,毫米
级别的呼救!单一的花柱,
密披极细小微毛,像呼救之
舌头披覆着看不见的神秘之霜。
《山海经》:竹六十年一易根
……必生花……必枯死。
其中一个诗人还知道:笃信
格物致知的阳明先生,曾
用整整七个昼夜,专门去格一丛
竹子,惨败病倒。他不知道,
守仁是否可对峙一丛竹子开花?
而龙场悟道,听着竟像
对另一片竹林开花的模仿。
可以确信,这个警喻,一种

路人很难闻得出的果香。
田园犬唤来一只吉娃娃，
间谍样去追咬这一行人的裤腿，
只有那一对小儿女，捏途中
随手采摘的珊瑚樱小红果，
逗喂它们。大人们忙着外星人样
急促谈话。那舌头，一条条
果肉，有浓烈铁锈的辛味。
锁死的、遗忘击毁的钢铁城市的
废墟味，提供座座气态海岬。
果子，在狗狗鼻端嗅一嗅，
一如我们相互嗅嗅，就被迅速丢下。

2020 年 11 月 14 日

童诗隐小胖
环顾左右，旗山涌动地铁口。
清浊海流噪起霓虹之网，
你是骄傲男孩。麋鹿持枪，暴走。

微尘目隐小胖还是隐小胖，
因为小而更小，学习
未来人在结满陨石的高大树冠下
捕捉一次未曾冒头的闪光。
猫团身，鱼梳鳍，匿迹要闪光。

菠萝蜜之核,从果肉挖出,
暴露于空气,快速乳白。
此时此地隐小胖,屏息在夜魔
窄耳蜗,菌丝一样生长:
山有陵而形,丝有膜而微凉。

吃啊,吃,胞衣糯如好羊羔。
獒犬咆哮,给夜莺流水般的喉咙
塞入鼠标郁躁的弹簧——
大白鹅宝宝,依然伸长长脖子,
飞蚊吸血,散装管状天地之香。

世上,已无能商量得清楚的事。
隐小胖相信海会细细胖。
他写童诗,看羽毛滑冰在羽毛之上。

2020 年 11 月 15 日

童诗自嘲

混沌之巨灵宽袍大袖?
不、不……
花海远观蝶浪翻涌,近视——虫洞。

针形物悬立水上。
童诗,尖芒将要触及但尚未触及

水面时，潮红之雾泌出。

另一任务是运行、顿挫。
小猪猪，食槽边养肥了才屠戮。
如果你一直瘦，顶多也就是一针状人蛾。

2020 年 11 月 15 日

哑石

1966年生,四川广安人,1987年毕业于北京大学数学系。现居成都,供职于某高校经济数学学院。1990年开始诗歌创作。

曾获首届华文青年诗人奖、第4届刘丽安诗歌奖、2016·星星年度诗人奖、"第一朗读者"2018年度最佳诗人奖、苏轼诗歌奖(2019)、2019年度《诗东西》诗歌奖、《诗收获》季度诗歌奖(2021)等。

出版诗集

《哑石诗选》
《如诗》
《火花旅馆》
Floral Mutter(花的低语),中英双语,Nick Admuseen 英译
……

日落之前

出品人｜郭文礼	选题策划｜左树涛	责任编辑｜左树涛
复　审｜陈洋	终　审｜古卫红	书籍设计｜张永文
印装监制｜郭勇	项目运营｜有度文化·刘文飞工作室	

投稿邮箱｜liuwenfei0223@163.com

微　博｜http://weibo.com/liuwenfei0223　　微信公众号｜txsk2013_